U1001894

当那些故事，可以笑着说出

稻田读书——主编

SPM 南方传媒 | 花城出版社

中国·广州

图书在版编目（CIP）数据

当那些故事，可以笑着说出 / 稻田读书主编. -- 广州：花城出版社，2023.1
（“文艺·家”书系）
ISBN 978-7-5360-9513-7

Ⅰ. ①当… Ⅱ. ①稻… Ⅲ. ①散文集－中国－当代 Ⅳ. ①I267

中国版本图书馆CIP数据核字(2021)第209458号

出 版 人：张　懿
丛书主编：周华诚
责任编辑：李珊珊　蔡　安　欧阳蘅
责任校对：李道学
技术编辑：凌春梅
装帧设计：乐　翁

书　　名　当那些故事，可以笑着说出
　　　　　DANG NAXIE GUSHI，KEYI XIAOZHE SHUOCHU
出版发行　花城出版社
　　　　　（广州市环市东路水荫路11号）
经　　销　全国新华书店
印　　刷　佛山市迎高彩印有限公司
　　　　　（佛山市顺德区陈村镇广隆工业区兴业七路9号）
开　　本　880毫米×1230毫米　32开
印　　张　5.75　1插页
字　　数　110,000字
版　　次　2023年1月第1版　2023年1月第1次印刷
定　　价　38.00元

如发现印装质量问题，请直接与印刷厂联系调换。
购书热线：020－37604658　37602954
花城出版社网站：http://www.fcph.com.cn

目录

1. 眼泪哪去了

十九岁的旧报纸/成向阳 3

二十岁我去打工/麻布 15

笤帚经济学/赵金森 20

抬盐滩挣的第一桶金/董立英 27

二两流/左志国 33

一扇闸门的打开/口述：朱正泉 整理：程翠薇 37

一直向前/口述：宋琦 记录：姜米粒 43

眼泪哪去了/口述：孙秋惠 记录：姜米粒 49

2. 保洁工也有春天

那年，我卖冰棍/郑庆霆 57
我把人生中赚的第一笔钱给了一个老人/口述：许保安
整理：杨小云 64
元宵灯笼好漂亮/邵作彦 70
逃出困境/口述：吴端平 整理：曹晓波 76
保洁工也有春天/口述：张玉兴 整理：张晓飞 83
废品站淘金/李晋 88
电瓶车全速前行/王力 91

3. 那年的白月光

卖红酒的差等生/张晓飞 99
四百块的羞辱/林飞 104
那年的白月光/鲁海燕 109
倒爷/口述：石燕春 采访：张晓飞 113
网管/口述：王盛 采访：张晓飞 118
人生初体验/朱慧玲 122
一个策划，我赚了一个月工资/禾子 128
那一年，我跑快递挣了六十万/口述：张军延 整理：杨春富 133

4. 向犹太人学淘金

一首歌换了两百银圆/口述：周大风　整理：徐忠友　143

我的照相生涯/口述：李书福　整理：徐忠友　151

服装设计让我走上淘金路/口述：吴海燕　整理：徐忠友　157

中国第一号个体户/口述：章华妹　整理：徐忠友　163

向犹太人学淘金/口述：卓旭光　整理：徐忠友　171

1. 眼泪哪去了

十九岁的旧报纸

成向阳

1999年7月的一天，我忽然遭遇一个不可能完成的任务——上街卖光50份报纸。

一听到这个任务，我心里就咯噔了一下。

我们不是由学校派遣到报社来暑期实习的吗？不是应该学习一些新闻采访与报纸编辑出版的实际技能吗？怎么第一天就打发我们上街卖报纸呢？

有点谢顶的部主任王老师笑呵呵地说："孩子们啊，听安排，行动吧，上街卖报自有上街卖报的道理在呢！"

但是谁能说清上街卖报究竟有什么道理呢？

于是，一起来实习的陕西愣娃同学先不干了。他拒绝上街，一撩长发，直接打道回府了。只剩下我、老梁和伟哥三个人面面相觑，最后只好乖乖地到发行部去领报纸。

老梁说："别急，别急，咱先看看情况再说嘛！"

伟哥没说话，却走到了我们前面，先看到了那些报纸。

报纸一拿到手，我大吃一惊，社里让我们上街去卖的竟然是两个月前的旧报纸。报上印的还是两个多月前，在西班牙巴塞罗那诺坎普球场举办的那场欧冠决赛的新闻。这期专刊是铜版纸彩色印刷的，大牌球星的照片很多、很大、很耀眼。虽然看起来非常精良，但这毕竟是两个月前的东西，还有人要吗？

发行部老师说："一人带五十份上街，一份卖五毛钱，卖完了再回来！"

我想，如果卖不完呢？甚或一份都卖不出去呢？是不是就不用回来实习了？

就这样，我和老梁、伟哥各怀鬼胎，一人抱着一捆沉甸甸的报纸下了楼，分头行动。

我把一捆旧报纸放在自行车的前车筐里，上了街。

从报社所在的双塔东街124号一路猛骑到五一广场，我的脑子里满满的都是兴奋与焦虑，一时间竟忘了该利用这一段路上的时间，想想究竟怎么才能把报纸卖出去。

在大街上沿街叫卖显然是不行的，来来往往都是车辆。我推着自行车卖报，既不方便，也不安全。再说，万一遇上警察呢？

还是先进小街小巷找找机会吧。于是我一扭车把，骑进了五一广场后面的海子边。

海子边是个很有名的地方。辛亥年时武昌起义，山西新军闻之而起，孙中山先生于翌年便来到太原，在海子边劝业楼上发表过演讲，当夜还在皇华馆留宿。据说徐志摩陪同泰戈尔来太原时，也在海子边住过。

1999年的海子边街巷狭窄，街两边都是卖廉价衣服和日用品的店铺摊档，还有不少游商小贩溜街往来，鬼鬼祟祟地推销各种小玩意儿。

我想先在这里找个地方支起自行车，就地摆个摊儿来卖那些报纸。但很快发现这不现实，因为街两边无论哪个地方，都已经有人占着了。偶有空缺，似乎也是被人预占好的。我眼见一个提着两只旅行袋的小贩刚坐到街边空地上，很快就被一个戴红袖章、叼烟卷的老头赶走了。

那管街的老头，走起来雄赳赳的，头发虽然已经白了，但是眼神凶狠，闭紧嘴巴吸烟时，咬肌显得十分有力，像是要把烟卷儿的过滤嘴儿嚼碎似的。我看他扭头看我，赶紧推起自行车就走了。

走到儿童公园门外，我有点累了，停下来扶着车把站了一会。没想到这一站，竟“站”出去了一份报纸。

我把一份亮闪闪的铜版报纸在车把上撑开，见到从公园里出出进进的人，就把报纸晃一晃，很客气地问：“买份报纸看看吗？”一开始当然没有人理我，后来就有扭过脸来看我的，但真正走过来的并没有。直到一个八九岁的小男孩突然出现在公园门前，他指着我大喊一声：“妈，谢林汉姆！”我一惊，才知道他指着的是报纸上大照片里的那个曼联前锋。这时候，小男孩牵着他妈妈的手跑过来了，伸手就从我的前车筐里拿走了一份报纸。那个年轻的妈妈看看报纸问："是旧报纸啊？"我就怕人家问这个，很不好意思地回答："报纸是全新的啊，时间是有点旧啦！"这时候，小男孩大喊一声："我就要旧的，谢林汉姆！贴墙上！"

于是，我卖出了第一份报纸！感谢大鼻子的谢林汉姆，他不仅在两个月前那场惊心动魄的欧冠决赛中，以一记180度转身怒射拯救了本已毫无希望的曼联队，也在今天帮我开了张。这么想着，我就感觉自己运气不错，继续把报纸展开举在车把上，再站一会儿，等待商机。

不一会儿，一个三十多岁的汉子走了过来，操着太原方言问："多钱了？"我说："一份五毛！"他一手提着塑料袋里的几根胡芹，一手就递过来五毛钱。我赶紧接过钱，顺手从车筐里取了一份报递给人家。心想这下好了，要这么下去，这一车筐的报纸很有希望卖掉。

正陶醉着，就见刚才那提胡芹买报的汉子从街拐角急匆匆折回来了。我很紧张，心想他这是干吗呢？难道是刚才买报丢了钱包。不等我细想，汉子手里卷起来的铜版报纸已经砰一声敲到了我的车把上。"报纸咋是个旧的？俩月前的，你哄鬼呀！昂！"

这种攻击性很强的本地方言，顿时让我感觉脖颈发凉，只能吞吞吐吐地说："报纸是新的呀，时间是有点旧。"这么说的时候我非常心虚，想着实在不行，赶紧给这位脾气不好的大汉退钱算了。但不等我往外掏钱，汉子又举起报筒朝车把上一击，嘴里随即扔过来一个字——“滚！”

我还在发愣，汉子已经一手提着芹菜，一手拎着卷成筒的报纸急匆匆地走了！好像他家炒锅里的油已经烧热了，急等着芹菜下锅。

我赶紧推起车离开海子边这块是非之地。在五一路上骑着车，我想，报纸才卖出去两份，我该怎么办呢？一路骑一路想办法，忽然就想起了去年暑假时，我跟着一个湖北籍的袜子推销员沿五一路卖袜子的事情。那次，我只跟了他一天，就被他骂了不下十次，最后还花了两块钱自购他推销的“高级袜子”一双。

我之所以必须自购这一双袜子，是因为湖北人向我展示了他的推销秘诀。他当街推销的时候，为了展示他的袜子质量绝好，会用一根缝衣针当众在袜子上哧啦哧啦地划来划去。他那么猛划半天，袜子却丝毫无损。而我的工作，就是在他划袜子的时候，用两只手把袜子拉开拽紧。很多位老太太，还有在路边泊车的司机，都在他如此这般的展示下买了这些袜子，而且有的是花十块买一双，有的是花五块买一双。

这个绝招让我心花怒放，于是向湖北人提议，我也来试试这绝招。湖北人就找了个没人的街角，拉住袜子给我划拉，但我只用针在上面刺拉了一下，袜面就严重脱线了。

湖北人用这双破袜子在我头上打了一下，叹口气说：“赶紧滚回去念书吧，根本不是干这行的料啊！”他一把夺过我手里的针，重新给我以慢动作演示："看到没，不是让你真划啊，笨蛋！你要把针扎下去，提起来，再扎下去，再提起来，手腕快一点，从上到下，从下到上，这样别人看起来就像是在真划。这双袜子，你自己买了吧！两块！你这个笨蛋！"

我这个笨蛋，去年不会卖袜子，今年能会卖报纸吗？这么一想，不禁有点心酸！

这时，我已经从五一路，转到了府东街上，一边低头推着车，一边想心事。突然，前面竟有人拦住了我的去路。我一看，原来已经走到了柳巷口的大槐树底下。

挡在我车前的是两个少年，都是十四五岁的样子，一个穿着曼联式的红色球衣，一个穿着拜仁式的条纹球衣。这时候"曼联红"说话了，也是太原方言："你是个卖报纸的？你这报上是不是欧冠决赛呀？这个报纸多钱了？"我立即回过神来，说："是啊，不过报纸是两个月前印的，但报纸是全新的，才五毛钱一份。""曼联"就问"拜仁"："咱俩来一份？我找好久了找不上。""拜仁"于是掏出五毛钱，俩人拿了份报纸就走了。

一个上午，卖出去三份报纸，收入一块五！我揣着这来之不易的一块五，推着载满旧报纸的自行车，继续独行在烈日炙烤的太原街头。中午饭没有来得及吃，因为肚子里装的全是前车筐里的报纸。我就这样推着车在大街小巷里走来走去，心里的滋味和一年前的暑假沿街推销袜子而一事无成的感觉是一样的。

原来卖报纸和卖袜子没什么不一样，都是让陌生人接受你的东西，然后把陌生人的钱装进自己的口袋里。而袜子毕竟还能穿到脚上，两个月前的欧冠决赛却和街头巷尾的大多数中国人实在没有关系。

小区看门的老头说得好："去去去，卖报纸的，谁要你的旧报纸啊，给我垫屁股还嫌凉呢！走走走！"而拉着平车收破烂的河南大哥要友善一点："旧报纸啊，你这是卖的？给我收了吧？这么几十张的，给你三毛钱中不？"

暑期的白日的确很长，但时间依旧一点一点溜走。半个下午，前车筐里的报纸一份都没少，而我的脚步随着西斜的落日来到了汾河迎泽大桥上。汾河是山西的母亲河，而我作为这座省会城市里的大学生，竟也是第一次来到汾河边，一时间竟生出了去河边看看的心思。等锁好了车，再一看前车筐里的报纸，心想干脆抱着报纸下去算了。如果这里也一份都卖不出去，我就真的没有什么办法了。

没有想到，我沿着汾河往南走了不到五百米，竟然就一头撞到了"财神"怀里，而且"财神"还很美丽——一个从我身边急匆匆跑过去的少女，突然又折返回来。她盯着我抱在怀里的报纸，看了又看，终于说："可以给我一份看看吗？"我说好呀，立刻抽出一份给她。她把报纸展开一看，叫道："太好啦！你赶紧给我来二十份！多少钱啊？"

我顿时心花怒放，一时间不敢相信自己的耳朵，也不知道眼前这个少女是天上掉下来拯救我的，还是从汾河里上来戏耍我的呢？

我听见自己说：“一份五毛，二十份十块！是给别人卖的，不能便宜！”

少女没说话，递过来一张十块钱，然后自己飞快地数出二十张报纸，又飞快地跑走了。

我追着她的背影小跑过去，在河岸一圈白杨树环抱着的简易足球场里，正聚集着几十个少男少女。我心里猛然一动，下意识地走了过去。刚才那个买报纸的少女正在给一群穿球衣的少年分发报纸，少年们一边踢腿蹬脚做着动作，一边展开报纸浏览。有的翻来翻去看得很仔细，有的早就扔下报纸，滚着足球上场了。

这时从对面又过来两个少女，一开口就有点气呼呼的：“喂，买报纸！多钱了？”我心里的花立即就开大了，赶紧赔着小心说：“你们买几份啊？”另一个少女似乎更冲，朝那边看报纸的一群人一指说：“他们多少，我们多少！”我说：“二十份，十块钱！”

于是，我在十分钟之内，莫名其妙地卖出去了四十份报纸！

哇！这么快，这么简单，这是为什么？看着足球场里那些冲动而焦躁的踢球少年，他们其实比我小不了几岁，但是要比我骄傲太多。

我想我还是赶紧走掉的好，谁能保证他们一会儿不会因为买了我的旧报纸而生气呢？他们一窝蜂过来找我退货可怎么办？

于是我抱着剩余的几张报纸，赶紧消失。等上了桥，开了车锁，我数一数剩余的报纸，竟然还剩九张，原来发行部的老师往外点报纸的时候就数错了。

夏天的夜幕逐渐跌落在迎泽大街上，在柳巷口等红灯的时候，看见那么多骑自行车的人和自己停靠在一起，想起自己裤兜里揣着今天的二十一块五毛钱，一股幸福感顿时涌满我的全身。

那是第一次，我趴在借来的自行车把上，忽然生出要在这座城市里扎根开花的心思。

紧赶慢赶地回到报社，我找到正在加班的部主任王老师，我说："王老师，对不起！报纸还剩九份，实在卖不出去了。这是卖报纸的二十一块五，您收着。"

王主任的眼里霎时掠过一丝惊讶，他站起来拍拍我的肩膀："小伙子，你真可以呀。报纸放桌子上，钱你拿着吧！记得明天早点来，我带你去采访！"

晚上回到学校，我、老梁、伟哥三个人坐在灯下。我很骄傲地问老梁："你卖了多少？"老梁笑笑说："我全卖了啊！"我又问："伟哥，你呢？"伟哥说："我也完成任务了！"我说："哇，你俩真行，比我强多啦，我还剩了九份！"

但我真的很开心，因为这二十一块五够我吃一周的午餐了。1999年的时候，山西大学餐厅的白菜炒肉一块六一份，馒头三毛钱一个。三个馒头一份菜，两块五！所以，无论是老梁，还是伟哥，他们当然很棒，我觉得我自己也挺了不起的。

直到很多年以后，老梁和伟哥才告诉我他们1999年暑假卖报纸的事情。

老梁一毕业就去了某铁道工程集团做新闻宣传干事。入职两个月，他就从东北的铁道工地逃回了老家。“这哪是让我去搞新闻啊，是让老子去铺铁路。”更让老梁心惊肉跳的是，项目部因工程原因和当地人起了纠纷，准备组织工人去打群架，老梁就在工友们摩拳擦掌的夜晚摸黑出逃了。回来后重新应聘工作，后来到一家教辅报纸做编辑，含辛茹苦，一路校对，如今也是即将谢顶的梁主任了。

老梁说：“我呀，带着报纸走了两条街，谁会买这旧报纸呢！我一着急，就自己掏了24块钱，把那些报纸全买了。你们知道为什么是24块吗？因为我把那些报纸数了好几遍，清清楚楚只有48份啊！回到社里，我就告诉他们，我全卖完啦！”

伟哥说：“还是老梁聪明啊！还是老梁实在！我呢，一出门，找个垃圾桶就把那堆旧报纸给处理了！为啥？你们傻啊，难道不知道社里让咱们出去卖这些旧报纸，就是想试试咱们的脑子吗？所以，我回去就告诉主任，旧报纸没人要，我免费赠送给马路上的行人阅读了，因为这样做可以扩大咱们这家新创刊报纸的知名度啊！”

伟哥认真而漠然地擦着眼镜，这动作，这神情，和他当年在学校时几乎一模一样。

伟哥毕业后先是去北京广播学院（如今的中国传媒大学）读了研究生，这和他当初给某新兴教育机构贴小广告挣到800块，以及在《大学生》杂志发文章挣到六百块一样，在我们同学中都是很有面子的大事。研究生毕业后，伟哥去了南方，在南方系报纸做记者、做编辑，忽然又回到北京玩起了新媒体。后来，他放弃高薪，考上了中国传媒大学的博士，带着自己的女儿到美国交流访学一年。不久后，听说伟哥为了让女儿留在美国，决然放弃了那个国内的博士学位，他自己通过一位朋友，在美国找到了新的身份与职业。

而我，毕业后就开始在稿纸上写字，一个字一个字写到了今天。喝酒的时候，伟哥说曾经在北京的图书馆里看见过我的书，不知道这是不是真的，但我还是很开心，和多年前那个夏日，靠卖旧报纸挣到二十一块五毛钱一样开心。

和我们喝完这顿聚会酒，明天一早伟哥就要回美国去了。一别近二十年，我们聊了很多，但当年卖报纸的这件事，要比他讲如何考博士，如何去美国，如何在美国打天下，更让我百感交集。

那一年，我们只有十九岁。而各自的人生，在那个夏日的五十份旧报纸里似乎已雏形毕露。

（成向阳，山西太原人。）

【评点】

这世上的每件东西都是有用的，即使是这块石头。

——《大路》

老子说："天下难事，必做于易；天下大事，必做于细。"十九岁去卖旧报纸，不同的人面对同样的问题，不同的性格，不同的思维方法与解决方式。性格决定命运，细节决定成败，文中所写到的人物，已经显露出他们各自的性格与潜力。有的人善于变通，有的人善于取巧，有的人笨拙诚恳，不同的人由不同的道路通往成功的目标。一心渴望成功，成功却了无踪影；一心甘于平淡，认真做好每个细节，成功说不定就不期而至。最难的是，坚持自己，成就自己。

二十岁我去打工

麻布

2009年，中华人民共和国成立六十周年。这一年，开国上将吕正操去世；这一年，时任美国总统奥巴马搭乘“空军一号”专机抵达上海，开始了为期四天的国事访问；也是这一年，甲型H1N1流感在全球范围内大规模爆发……

这一年，还有一件特别重大的事情，我满二十周岁了。

高考结束后，我做了人生第一个重要的决定：我要去打工。

我在舟山。那个年代，浙江周边三四线的小城市还丝毫没有与国际接轨的迹象——我们没有肯德基、麦当劳，星巴克、德克士更是听都没有听说过，多的是一些国产西餐厅——比如麦香园、华莱士，它们和肯德基一样也有麦辣鸡腿堡、香辣鸡翅和薯条。而往后十年，中国的国际化进程异常迅猛，洋人的东西一下子充满大街。

令人费解的是，即使是去麦香园当廉价小时工，当时还需要依靠母亲动用人脉。用老板娘当年的话说：“城里的孩子细皮嫩肉的，干不了粗活，没有耐心也吃不了苦。不过也罢，你女儿要来就要吧，一天六十块钱。”

涉世未深的我，能谋得一份差事，在当时已是欣喜若狂。

在那间上下两层总面积不过一百五十平方米的店铺里，我的工作从早上八点开始一直到下午五点，中间没有午休；或者从下午两点开始一直到晚上九点。一天下来，腰酸背痛，腰都直不起来。

小时工在店里，最常做的就是帮客人端菜，然后把盘子端到厨房。看似简单，因为带着底座，再加上盘子特别大，很沉，有时候厨师从冒着浓烟的窗口递出来，不过一分钟就端，手都能起泡。但是老板娘的一双眼睛四处游走地盯着，生怕我们有一丝一毫的懈怠，加之生意很好，所有人都很卖力，劳动几乎是一刻不停。

牛排端上来比较慢，就会有油头满面的中年人朝我大声呵斥：“怎么这么磨蹭？会不会做事！”菜盘端放的位置不好，也会有人数落，遭受白眼也是常有的事。

我在那里总共待了二十天。那段时间，让我看到了人间百态。这样的生活持续到第二十天的时候，终于爆发了。那天有个打扮时髦的年轻姑娘，因为我不小心洒了一点果汁在桌子上就冲着我大声喊叫，还撕扯了我的衣服。我所有的忍耐和坚持，在那一天轰然崩塌。后面的事都已经记不太清楚了，反正我就是没忍住，原地“爆炸”了，这件事也宣告我人生的第一次“淘金”就此完结。

一周后，老板娘给我结算我人生中第一笔工资。她和我妈嘀咕：就知道小姑娘家家娇气得很，做不好事，这工钱还是看在家长的面子上，按足天计算的，换成别人是没有的。

我很费解，我明明很努力，每一天拼尽全力在做事啊，也一直做得很细致认真，最后却被全盘否定了。那是我第一次体会到历史课本里“资本家剥削剩余劳动价值”在生活中的真实写照，也体会到什么是真正的廉价劳动力。

哲学家叔本华说过，人类始终摇摆于穷困和无聊之间。那之后，我便从“生存挫折感”彻底坠入了“无意义感”（不知生活的意义）。我手上握着打工挣到的人生第一笔“巨资”——一千两百元，却无法体会其中的快乐。

不久后，暑期的后半段，妈妈把我送回了远在岱山县东沙镇的远房亲戚家，那边有祖辈留下来的老宅子，路面由石砖铺就，缝里还长着青苔，空气清新，鸟语花香。远房亲戚身世凄惨，年轻时妻子患病去世，儿子因小时候高烧未及时医治而烧坏了脑子，智力永远停留在了三岁。外祖父、父亲和儿子三人相依为命，靠父亲外出打工过活。他们还住在瓦片屋顶的房子里，每天要去离家不远处的地方倒马桶。房子里已然有了点酸臭味，头两天我住得特别不习惯，很是怀念自己在城市里的家。

说来也奇怪，这家孩子虽然智商一直停留在孩童时期，却很记得我，总是叫我的小名。过了一星期，我们就混熟了，我时常教他写字、看书，他也会拉着我去镇上转转，在河边抓点小昆虫。暑期的最后一周，我离开了东沙。临走前，我把一千二百元钱装进信封里，塞进了他家的抽屉。信封上写着：“加油，多认字、多写字。”

我至今还记得离开打工的麦香园那天，店里的小姑娘对我说：“真好，你能离开，而我可能要在这里待一辈子了。”

这以后，每每想起这段往事，二十岁的第一桶金，它没有带给我巨大的财富，却让我看到了不同角度的世界，很真实也很残酷。

这世上还有很多人过着极其艰苦的生活，他们困顿挣扎却疲乏无力，而我们是自由的，因为能选择心里想要的生活。

自那之后的大学生活，我便开始努力读书、发愤图强，我发誓再也不要沦为食物链底端的人。我也想着，如果尽己之力，有没有可能让世界变得更公平一些呢？

（麻布：女，1990年生于浙江省舟山市岱山县，白羊座，性格活泼开朗。现为杭州某杂志社编辑，兼职业余写手、主播。酷爱旅游与探险。）

【评点】

你真正是谁并不重要，重要的是你的所作所为。

——《蝙蝠侠：开战时刻》

这世界通往成功最快的捷径，就是脚踏实地。人们常说，“事在人为”。人们也说，“千里之行，始于足下”。任何一件大事，都是从一步一个脚印开始的，世界上没有什么事可以一步登天。一个人学会从小事做起，脚踏实地，一点一滴，这里不仅积累做事的经验，更是积累做人的态度。做事与做人，从来不可分。本文主人公，从做端菜盘子的小时工开始，接触社会，了解人生百态，并用自己的劳动成果去帮助他人，这是最大的收获与快乐。是的，重要的是你的所作所为。

笤帚经济学

赵金森

二十世纪八十年代末，在山西省中部一个小农村，八亩八分口粮田养活着我们一家五口人。别说是电视机了，即便是会修自行车的父亲都没有能力给自己置办一辆新的自行车。整个童年都被贫穷包裹着，像一颗甜蜜的糖裹了一层褴褛的外衣。

勤劳朴实的父母恰如歌里所唱的“他们这一代人没有文化，但是很伟大”。其实父母也不是没有文化，他们都是当年的好学生，只是赶上特殊年代，他们像是惊弓之鸟，话不敢多说，做事不敢冒进，直至变成了这个世界上沉默的大多数，而生活并没有因此而多眷顾他们。

1992年，周边乡镇开始出现醋厂、焦化厂之类的企业，建造厂房成了时风，父亲花两千八百元钱购置了建筑模型板，那在二十世纪九十年代初可不是一笔小数目。他带着村里人成立施工劳务队，一开始也是干得风风火火。

可天有不测风云，买来的崭新模型板在一个月后被追查为赃物，不仅模型板被没收了，我的父亲还被带走了好几天。父亲夜夜为我们编织的“万元户”的故事瞬间就灰飞烟灭。

一波未平，父亲又背债购置了农机农具，承包起了村里的农场。打谷子、碾高粱、脱麦皮，一到农作物收获的时节，整个农场忙得不亦乐乎。父母整天都顾不上照看我们，就让姐姐带着哥哥和我，常去小卖部买罐头和数字饼干。

那时候的我们盼望着天天都是收获的季节。结果，一场无情的大火，把刚刚崛起的父亲，从富翁烧成了“负”翁。那一年我七岁。

八岁时的端午节，邻村赶庙会，我特别想去，就问父亲要钱。父亲坐在南房门口含着热泪说：“三儿，爸爸兜里就五毛钱，你拿去，省着点儿花。”

当时的我对赶庙会特别好奇和向往，但拿着滚烫的5毛钱来回逛完了整个集会，也没有购买一点东西的欲望。我终究是揣着那5毛钱回家了。回家后，父亲说他要外出打工，去一间醋厂烧锅炉。铺盖已经卷好，放在杂牌高粱自行车后座上。我还对父亲说，去吧，好好挣钱！哪知道被生活一次又一次戏弄的父亲自此以后再也没有翻身。

父亲的工作是两班倒，夜班时，白天父亲就在家做些家务，比如种菜、制煤球等。日子稀松平常地过，县城周边的焦化厂开办得多起来了，运输车辆成群结队，那时候只管拉得多跑得快，不管空气污染，也不管超限超载，所以撒在路上的焦炭也很多。

父亲就在自行车的两边各挎一个笼子，沿路捡拾焦炭，后来还叫上了哥哥和我，捡着捡着，一辆自行车变成了一辆二手人力三轮车，连着十来年冬天的取暖就是靠着那些焦炭啊！

路上的风景也从两个笼逐渐变成四个笼、八个笼、无数个笼。不知父亲哪儿学来的手艺，他开始用藤条编笼子，卖给捡拾焦炭的“同行”。

一块冒着白气的大焦炭从高高的卡车上摔下来，有些坚硬如初，有些就摔成很多小块，捡着费劲。我还记得一个头罩着乌黑毛巾的老头说：“煤粉粉都是钱啊！”还算有点商业意识的父亲便开始编起了笤帚，俗称扫把。

好的扫把容易找到买主，可握把子松软的、个头小的、材质发霉脏污的就不好卖。1998年的暑假，十岁的我接到一个命令：把院子里堆放的十七个扫把全卖了。骑人力三轮车我是技术娴熟的，装扫把上车也是毫不含糊的，可用它们换钱可是头一回啊！

从家门口到庙会的摊点非常近，懵懵懂懂的我也没多想，学着大人们的样子，找好位置，脚磨前轮，扳住刹车，开始卸货。有些得意的神态在摆好扫把之后蒙圈了——我忘了问一个扫把卖多少钱。也不管扫把会不会丢，扭头就跑回家问母亲：“一把多少钱？”正在缝补衣服的母亲说：“三块钱。”母亲似乎一直趴在缝纫机上，童年的衣服就是姐姐穿了哥哥穿，哥哥穿了我接着穿。

好咧！我又一溜烟地跑回了摊点。三块钱一把，17把一共卖多少钱？我点着扫把三块六块九块地数啊记啊，一遍又一遍。时间在数数的过程中一分一秒地晃悠跑了，三三两两的老乡来询问，也还是一把都没卖出去。

这时出现了一个老头，他走过来说：“我拿两把。”我说好，却不敢要一分钱。那是我爷爷，我亲爷爷！爷爷从一堆扫把里左挑又拣，叼着旱烟的嘴里咕咕叨叨说着什么：“这个太小了……这个把杆子太软……这个把杆子划手……这个扫把头子应该再拉一道线……”这时候，母亲给我来送午饭，爷爷转身就走了，还带走了两把，我知道那是很烂的两把，后来才发现他是教我做买卖呢！

我脑海里回想起爷爷说的话，卖货的确大有文章，后来我把扫把按大小分成了上中下三等，设想来买的顾客能一目了然，方便挑选。我信心十足、精神百倍地等着，而迎来的客人确是：“这个能不能便宜点？那个能不能便宜点？”

我的小伙伴们早已玩嗨了，我还在这里卖扫把，甚至一把都没卖出去，恨不得收摊撤走。但父亲的话不敢违抗，母亲又不来支援，姐姐在城里上学，哥哥不知道跑哪掏鸟窝逮野鸡去了……

思来想去，时间一分一秒地过去了。正当我开始操心怎么能卖出去扫把的时候，忽然来了一位大客户，他是我同学的父亲，我们十里八乡最大的面粉厂厂长。他走路带风、神气威武。

“三儿，笤帚几块？”

“三块。”

“一共几把？”

“十七把。”——我也不知道自己怎么说出来是十七把。

“两块一把卖了吧。”

“行！”他的声音里带着一种我童年根本无法抗拒的威力。

他从披着的衣服兜里数给我三十四块钱，又指着扫把说：“你都装起，给我送厂里。”交易就这样完成了，我卸货时才记起自己只剩十五把，就去找他退钱。结果他不要，说就当是你给送了一趟。

这时候我同学叫我去玩玻璃球，我就去了。

我们的玩法是把四颗玻璃球像贡品一样摆起来，就是一个城堡，只要你有城堡，散兵就可以摆城堡数量的三倍。想赢就要多摆城堡，玩家一多，谁先进攻就成了关键。起初是由石头剪刀布决定的，后来大家觉得石头剪刀布有串通的嫌疑，就改成了盯球。怎么个盯法呢？就是把一颗玻璃球放在地上，手里抓另一颗玻璃球，用眼睛两点一线地瞄准，然后放手，如果手里的玻璃球砸中了地上那颗，就可以先发起进攻。

这对我是莫大的优势。为什么呢？一是技术水平玩多了都差不多；二是家里没电视机，我的视力一直很好；三是家里穷，吃不上好的，我个头低，直线距离就短。先进攻的好处是只要弹球技术不是太差，不一会儿兜里就鼓鼓囊囊的了。

弹玻璃球玩的是技术，可把玻璃球当作物件“炸金花”，它可就有了货币的意义。

小卖部一毛钱能买4颗玻璃球，而小伙伴们之间交易是一毛六颗。村长的儿子是我同学，他输光了，看我赢得多，就要掏钱买。我抓了一把给他，也不知道有多少颗，顺便就和他说了他父亲买笤帚多给了两块钱的事儿。他说大人的事不管，我和你买玻璃球，能不能一毛钱卖八颗，我说可以。

后来也有别的小伙伴从我这买玻璃球。最后数数兜里有四十八块钱。

回到家我拿出四十八块钱给父亲，说扫把卖了三十四块，玩玻璃球卖了十四块。父亲让我仔细说说，我就前前后后、一五一十都说了。父亲抄起手中的笤帚就在我屁股上抽起来："小小年纪就知道赌博，长大了还不飞天？"

看着父亲很生气的样子，可我的屁股却不疼！直到夜深入睡才发现，因为我穿着姐姐小时候的校服，裤子肥大兜风，抽打在裤子上的力就抵消了。

晚上父亲摸着我的屁股问我疼不疼，我说不疼，你没用力打我。夜色里，我似乎看到父亲的笑容里含着泪。

那晚，屁股虽然不疼，但是我的被角湿了。男孩子流一次泪就会成长一次吧。

那晚父亲和我说，勤劳致富，投机不成，天上不会掉馅饼。而那四十八块钱父亲全都给了我，说只有会花钱，你才知道挣钱的辛苦。

钱都花哪儿了？并不记得了，或是姐姐哥哥哄走了，或是又玩玻璃球了。

之后，我拿了父亲新编的两把笤帚给面粉厂厂长送过去。他又给我钱，我没要。他的儿子成了我的发小，他父亲说我是个“人恭理发”的孩子，这是晋北土话，大概是懂礼貌、讲诚信的意思吧。

直到今天，六十八岁的父亲还在不停歇地编笤帚，已经称得上是十里八乡的笤帚大王了。基本生活保障了，也不求卖钱。

父亲把笤帚编成了他的喜好，当然，也编出了我的经济观和人生观。

【评点】

成功的含义不在于得到什么，而是在于你从那个奋斗的起点走了多远。

——《心灵捕手》

每个人可能都会遭遇生活的困境，也会面对利益的诱惑。但即使是在最困难的时候，也能坚守自己的为人底线，不为利益所动，不走歪门邪道，这并不容易。这种人生观与经济观，看上去平淡如行云，质朴如流水，却是受用一生的财富，是珍贵的精神品质。这种珍贵的精神品质，能使人领受一生的幸福，这种闪光的诚信、坚强品格，使人不惧风雨，勇往直前。

抬盐滩挣的第一桶金

董立英

年近古稀，出力谋生的岁月已过了半个世纪。可以算作我人生第一桶金的，应该是去海边抬盐滩挣的那25块钱了。

那是1973年，我二十岁。之前在生产队劳动过五年，上了十三个月的中学，当了一年民办教师，刚从学校被减员，又回到了生产队。大年之后的三月，很快就面临青黄不接。家里六口人，我弟兄四个都正是发育年龄。找不出点像样的收入，一家人春荒中饥饿度日，早已让我深知其难了。

当时村里有人去抬盐滩，据说一天可以挣四五块钱。不抬盐滩，就只有在队里上班，劳动一天最多给记十分，等到年底结算，十分可算为三五毛钱。一是挣得少，二是远水解不了近渴呀！为了一家人少挨饿，我决意去海边盐滩一闯。

抬盐滩的大多是三十来岁的壮汉，与我同龄或更小的很少。我又两年没在地里劳动，体力明显地差些。干活须结成对子，俩人一肩。幸亏姚家二哥是邻村人，联系晚了没搭上伴，将就着和我结成了对肩。

三月下旬的一天，我们十几个人骑自行车沿唐柏公路向盐滩进发。春光明媚，春风中带着几分寒意。身强体壮的盐滩人骑车行进，轻松，爽快，三个多钟头骑出了一百来里。过了柏各庄总场，很快就是三分场。从三分场再往南走，基本上就看不见人影了。等穿过五分场小片的砖房，视野中只剩下无尽的窄堤和窄堤隔开的茫茫水域。水是在海滩地上开垦稻田压碱用的，不深，但水面开阔。海风吹动，远处层层的白浪不断向近前翻滚，掀不起什么惊涛，却打得脚下堤岸啪啪作响，不时激起老高的浪花，袭击着我这陌生人的脸。怀着几分惴惴，沿着窄堤又骑了二十几里，眼前终于隆起了一片土岗。来过的同伴告诉我，土岗叫林里坨，抬盐滩的都住在林里坨上。

林里坨比周围的海滩地高出了两米上下，顶上大致平坦，南北一百多米长，东西三四十米宽。北边一串立在坨上的席棚，曲折二三十米，是国营农场筑堤队的工棚。往南三五十米，是一个接一个趴在地下的坑铺，这就是盐滩民工的住所。我们沿着坑铺往南没走出多远，一个铺口里跪着走出一个人，是我们邻村有名的老盐滩，比我们早来了几天，抬土中把踝关节崴翻了，左脚朝内歪过了九十度，没人帮他矫正，还不敢放弃挣钱，就留在铺里，跪着出入，给同来的人们看铺做饭。

听着崴脚人的诉说，我们继续往南走，选到个合适位置，开始挖坑，搭建属于自己的坑铺。坑挖了四米多宽，十来米长，一米来深。坑底顺长中间又挖出一条深宽各一尺左右的小沟，那是进出坑铺的通道。小沟两侧形成的土台，是铺褥放被的睡床。坑口周围筑起半尺多高的土埝，土埝上横竖搭起几根大竹竿子，竹竿上苫一层苇席，席上边缘用草绳绑住，周围再压上坚硬的土块。我们自己的坑铺就这样竣工了。初来的夜晚，二十来人躺在新建的坑铺里，透过铺顶的席缝，数着天上的星星。

第二天早上起来，就着腌芥菜条，吃完人均一斤三两米的早饭，包好备作午餐的两个窝头，从坨上土井打半桶凉水，带齐各自的工具，自成一线长队向工地走去。走下林里坨，往西南是无边无际的海滩，海滩是一色黑软的泥土。走在上面，脚下略显柔软，一步俩脚印，刚好不陷脚。怪不得七八里的路程谁也不骑车。

工地上的劳动，是在海滩上挖沟、抬土、筑坝。坝筑成后，这里就成为河北第一劳改大队的盐场。初到工地，首先是自找工段。工段是早就量好的。每段三米宽，要挖一米深、二十米长，运土到七十五米外筑坝。一段挨着一段，各段独立负责，完成后分别计土方付酬。以挖沟尺寸为准，每立方米计费一元。工地场面浩大，从各地早来的不少人已经挖出了几米、十几米。我们新到的二十来人，十来副筐，各就各位，在起挖线上一列排开。抬盐滩的劳作就从这里开始了。

挖土用的是筒锹。锹板一尺多长、六七寸宽，左右呈弧筒状，与锹把直线连接。木棍的锹把二尺多长，把顶安一节可手的横木。开槽后下锹一般不用脚蹬，而是先瞄好下锹的位置，左手握住横木，右手把锹把攥紧，两手四肋全力用足，锹刃向下直直地攮去。一锹攮下，切土二寸来厚，入土半米来深，直腰顺势掘起，拧身回手，一条三十来斤的土块便装进筐里。对肩的两人站在筐左右装土，一人六七锹，筐上土块就高高叠起，足足的三四百斤。筐满转身，齐拿扁担，哈腰上肩，面对面挺身把筐抬起，平行向前，找齐步眼，小步疾行。抬出七十五米，两人身体前倾，耸肩一悠，手拉后绳，一筐土就倒在坝底上。

这劳动强度足够大了。我这两年多没干重活的人，一筐抬完，肩膀就红了。三五筐抬过，红处变肿。半天坚持下来，早忘了肩膀疼不疼。对肩的姚家二哥长我四岁，多年在重活中摸爬滚打，体力比我强太多，但不跟我发脾气，可却是个死右肩。我也是左肩软，但是不能换肩，只能硬挺。直到今天，我左胸第二肋骨还明显地变形外凸，那就是我盐滩抬筐的记录。每筐抬起，走好脚下的路十分要紧。肩上负担本来很重，脚下又都那么柔软。一个往返结束，滩地上就多出两行深深的脚印。一两天走下来，脚印变成几厘米深的坑沟，坑沟周围鼓起忽高忽低的小土塄。土压肩上，脚踩塄坑，一步迈不准，崴脚自然发生。尤其干到疲劳状态，每迈一步都得十二分小心，因为那位跪行乡亲的教训已经够惨痛了。随着工程进度，坝越筑越高，上坡难度也越来越大。前期抬筐大面上走平路，后期坝顶一米多高，走完平路往上去，腿打哆嗦，步子更小，牙关紧紧咬住，硬撑住身子把土筐挺上坝顶。等到身向前倾，耸肩一悠，手拉后绳时，凭借的只有一股心气，全身已经难由自主。

每天上午八点钟开工，近十二点停下来吃午饭。午饭是早上带好的窝头和土井的凉水。出了半天汗，凉水喝着痛快。可窝头不仅难咽，而且难咬。因为坑铺旁边搭灶，周围不遮风，玉米面发不起来，汽也烧不上去，窝头蒸得邦硬。大家一边吃，一边给它取出个贴切的名字——砸死狗。尽管砸死狗，各位还是慢慢咬开，咽下，延续下午继续挖土抬筐的生命。饭后一点，大家接着干，直到四点半收工回铺。

第一天收工回来，我又看到了立在林里坨上的席棚，想到农场的亲戚和他们优越的饭食，想托他们从食堂弄两个馒头。晚饭后我到席棚里，真的找到了表弟和老舅，他们也真的答应了我的要求。在我抬盐滩的生涯中，每天中午享受到两个馒头的特殊待遇。也许正因为如此，五天干完第一段工程后有四位同伴累垮回家，而我还能坚持干完第二段。

一二两段工程之间，夜里下起了春雨。一层苇席的铺顶哪里遮得住雨水？有人褥子渐湿，就出去抱了些稻毛子苫到席顶上。结果雨不停地下，稻毛子湿透，席顶下沉，雨水就完全渗到坑铺里。满坑铺的人谁还能再睡觉呢？各个卷起自己的被褥，拿盆的拿盆，找碗的找碗，把漏水的地方接住，挤到不漏的地方坐待雨停。

第二段工程完工以后，姚二哥决定：咱们也走吧。我无语跟随。回家的路上我们合计，实际干了十天，人均完成六十立方米。等到账结下来，扣去饭钱，折清杂费，交到我手里的是整整二十五元。

这应该是我人生中“第一桶金”了。钱是真的，缓解一家人的春荒也是真的。给我感受更真切的是，挣上了抬盐滩的这二十五块钱，人生路上不再有承受不了的艰难，就是在1976年大地震的废墟中挣扎的时候，也没有感觉到被压垮的危险。

【评点】

人生和电影不一样，人生辛苦多了。

——《天堂电影院》

“挣上了抬盐滩的这二十五块钱，人生路上不再有承受不了的艰难，就是在1976年大地震的废墟中挣扎的时候，也没有感觉到被压垮的危险。”这个故事令人感受到一种力量，一种永不言败，永不放弃的力量。马云曾经只是一个落魄的互联网推销员，高考三次才考上大学。当有人问起马云成功的原因是什么，他淡定地回答：“我觉得是永不放弃，没有放弃。”马云将“永不放弃”四个字作为座右铭。他在演讲中说过，“今天很残酷，明天更残酷，后天很美好。在这个过程中，很多人都倒在明天晚上。”因为不放弃，看似不可能完成的事会变成奇迹；因为不放弃，很多平凡人超越自己战胜困难成就不平凡。永不放弃的信念，是本文主人公真正赚到的“第一桶金”。

二两流

左志国

二十世纪七十年代初，我刚十岁，正读小学四五年级。那个年代交白卷称英雄，爹娘让孩子上学，就当是把孩子送到托儿所让阿姨看管了，学习好不好从不过问。

那时家里穷，物质不丰富，写作业都用黄色粗糙的草纸，钢笔写字快了，会把纸划上窟窿，慢了一洇一大片。这种纸很脆，没有订书器，我们用纸绳穿眼装订，几天下来，本子的角就飞卷起来，如同一团黄色的废纸。

有一天，高我一个年级的同学，拿着一个订书器到班里兜售。在这之前，我从来没有见过这洋玩意儿，看到订书器装订的本子整整齐齐，觉得很神奇，想买下这个订书器。同学说一个新订书器三块多，这个旧的才四毛钱。我觉得这是一桩便宜买卖，机会不可错过，回家试着和爹娘要四毛钱，说这对学习是如何有帮助，又说这订书器是那么便宜。没等说完，爹娘不加考虑就否决了我的提议。爹说：“等你以后自己能挣钱了，愿意买什么就买什么。”

回到学校，和同学说没钱不买了，同学说可以等我有钱了再卖给我。爹的话刺激了我，我暗暗下定决心，靠自己双手挣四毛钱，买下订书器，也让爹娘看看我是一个有出息的孩子。

我和姐姐说了我的打算，姐姐说，“滴滴尿”皮（蝉蜕，一味中药。老家方言中把知了叫作“滴滴尿”）可以卖钱，你捅滴滴尿皮吧。姐姐的意见让我很兴奋，因为我就喜欢捉滴滴尿，爬高上低是我的强项，我还知道村东河边的杨柳树上，有好多滴滴尿皮，捅下它们真是太容易了。

为了捅滴滴尿皮，我常常和爹娘说脑袋痛，不能去上学了。

爹娘允许在家“养病”，待他们下地干活后，我把预备好的一截木棍、一截竹竿拿出来，用绳子将它们的两头捆扎一下，使它们变得更长。我手持加长的棍子，挎个小篮子，就往河边进发了。

低处的滴滴尿皮伸手就能捡走，高处的用加长的棍子捅下来，更高处的噌噌噌爬上树，再刺溜刺溜下来，也不怕裤裆被树皮划破。运气好的话，一上午可以捡到几十个滴滴尿皮。

估摸时间差不多了，赶在爹娘回家前踅摸到家，把滴滴尿皮存放在一个破箩子筐里，然后躺在炕上继续装病，下午再如法炮制。

功夫不负有心人，经过一个夏天逃学捅滴滴尿皮的努力，也忘了划破了几条裤子的裤裆，最后收集了满满一箩筐滴滴尿皮。

姐姐当时在公社上初中，公社收购站收购滴滴尿皮，2毛一两。我央及姐姐上学时捎带把滴滴尿皮卖到收购站，姐姐同意了。出发前用秤称了一下，遗憾得很，秤砣放在二两的星上，秤杆低得几乎挂不住秤砣，姐姐说不到二两。我为了让一夏天的辛苦能凑个整数，就说“二两流”，意思是够二两了，只是流秤（低头秤）而已。

后来，姐姐真的给卖了，得了四毛钱。这是我有生以来淘得的第一桶金，当时异常兴奋，尽管“二两流”这句话让姐姐取笑了好几年。现在想来，滴滴尿皮肯定不够二两，公社收购站那帮坏蛋也不会迁就，认可我这个“二两流”。姐姐回来说卖了四毛钱，一定是为了哄我高兴的，差的钱不知道她是怎样补齐的。

四毛钱到手，我对订书器的兴趣也消失了。买了两支一毛五一支的竹竿圆珠笔，我一支姐姐一支。

这是一件小事，却是我人生追求理想的第一次实践。爹那句“你自己能挣钱了，愿意买什么就买什么”，让我明白花钱得靠双手挣。这个简单的道理，让我终生受益。

【评点】

生活就像一盒巧克力，你永远不知道你会得到什么。

——《阿甘正传》

有人说，最好的生活状态是“兜里有钱，心中有光”。是的，你想要什么，就努力去争取。只有自己努力过了，才能得到生活的礼物。所有你想得到的东西，都必须先付出，不要指望别人，或者做一个手心向上的人。无论是高薪的工作，还是更好的爱情，无论是富足的生活，还是潇洒的人生，都需要你付出比别人更多倍的努力。生活，就像那盒未开封的巧克力，只有你努力过了，才会知道盒子里装着什么。从这个意义上来说，本文主人公靠自己双手挣来的四毛钱，不正是他人生当中追求理想的“第一次实践”吗？“花钱得靠双手挣”，这个简单的道理，有多少人不懂得？而越早懂得这一点，就越能理解财富的意义，生命也会变得丰富厚重。

一扇闸门的打开

口述：朱正泉　整理：程翠薇

那是二十多年前的事了。

我今年五十出头。我一直认为自己是搞技术的，不是什么老板。赚第一桶金，那都是逼出来的。

我大学学的是水电方面的金属结构专业，毕业分配到哈尔滨一家水利水电勘测研究院，在一个科研室做设计。当时国家基础设施投资很少，我们设计室的任务不多，工资一个月六百多块钱，还越来越少。1996年，儿子出生，养家糊口的压力更大了。

我也总想干一番事业。作为设计代表，我经常去周边的水利工程工地交接工作。这让我接触到很多工地上的人员和事务。我就想，能不能拓宽业务范围，除了设计也搞一搞水利水电设备制造和施工方面的项目，毕竟可以赚钱，单位不至于开不出工资来，大家可以多一些收入。

我一次次找领导商量，领导觉得是好事，他问我："你去哪里揽工程？有了工程哪里找生产资源？资金呢？施工队伍呢？如果这些没有问题，你就做吧。”

那时全国都搞承包，我和单位签订了承包合同，以单位的名义承接合同。生产、安装、工地、资金、队伍等都由我自己负责，赚了钱给所里交承包费。

当时的水利工程，大的项目都是国家投资，由大的国企单位设计施工，小的项目，地方有投入却少有人做。我分析，这些小的水利工程可以做一做。

那时候也不懂经营，只知道没有金刚钻，揽不来瓷器活儿。做水利工程的金刚钻就是工程设备。我想，有了那些工程设备，再去找项目，人家才能把工程给我，就没想过把设备都准备好了，没有工程怎么办。

幸好吉林有一个水库要兴建，闸门工程部分交给了我们。

开弓没有回头箭。我是一个爱用“笨”方法的人，不喜欢取巧的东西，也不相信四两拨千斤。在合作中，国有工厂的体制问题多多，程序烦琐。一方面没有活干，开不出工资；另一方面，项目插手的人多，配合的人少，只能一趟趟去磨。每次去生产单位之前，我心里都打怵，但是这事儿必须干下去，就这么一步一步往前走。

有些设备合作工厂也做不出来，咋整？真犯愁了。有一天，我灵光一闪，哈尔滨不是还有更高级的装备企业吗，他们有高端精尖机床。去试试？又愣头愣脑地找上门去，到那儿一看，还真行，真是大喜过望。

生产的问题解决了，最头疼的问题来了，工程启动资金哪里来？

做项目要给甲方预付款，虽然很少，但我也没有。朋友们也都没钱，只能靠家里人。家里也比较困难，还有弟弟正在考学。我岳父岳母也是工薪家庭，但比我父母家好些，他们都是知识分子，有眼光，好交流。我小心翼翼地开了口，没想到他们对我做的事非常支持。我现在还清楚记得，第二天岳父就给我拿了四万块钱。那可真是雪中送炭，我到现在都念他们的好。

设备有了，资金有了。施工队伍从哪里来呢？我去本系统的工程处借人用，一是他们熟悉水利的施工，另外他们当时活儿也不多，这也为我后来的工程积攒下了人脉。

开工前，我们去现场勘测，两个人开了一辆破二手吉普车，八百多公里，跑了一天。山区荒无人烟，满目苍凉。当时已经春天了，那儿的雪还没化。水库有三十多平方公里，我和几个工作人员穿着军大衣在现场测量，没有兴奋、也没有担心，就想着：要开始干活了。

当年的那个施工队是一帮好工人，不仅技术过硬，对我也有充分的信任。干完活一年以后才付工钱，极大地缓解了我的资金压力。如果像现在按天结算的话，那个工程就完不成了。现在施工的队伍越来越难找，人工费用极高不说，而且都是五十岁左右的老龄工人，没有年轻人了。这二十年，从我们这个行业也能看出来中国人力资源的巨大变化，以后的工程由谁来做？全都是机器人吗？

开始施工了，我们的施工设备严重不足，本来有些部套应该提前组装好，到工地直接安装，但是缺乏运输、吊装设备，不能整件安装，我们就把工件部套拆开，到工地再人工装配。

组装过程中频频出现问题，事先生产出来的设备和当时已经完成的土建工程配合不上，大件儿要返厂重做，小件就现场改造，特别费劲，也增加了很多预想不到的费用。我经常在工地待上十几天，把需要改制的大件集中返回工厂重做，三四天就要往返两千多公里，一路上，左手电话刚放下，右边电话又响，都是问题。没有人商量，难熬难过，但没有难过的时间，必须把问题一个个解决。我记得当时自己非常焦虑，有时忍不住急眼、骂人，我媳妇儿说我那时特别糙。

这个水库闸门工程，干了整整一年。等所有工程款到账了，给单位交上了承包费，给所有参加工程的人付足了薪酬，也有了自己的利润。

就是这一次，我赚到了人生中做水利工程的第一笔工程款。

我媳妇非让我把钱从银行取出来，把现金拿回家。晚上，她坐在床上，高兴地一张一张数钱："这四沓是还给爸的，这一沓留给孩子用，这两沓留着以后买房子……"数好了，把钱归拢到一起，第二天又去银行存上了，那也是我们家的第一笔存款。

用现在的话说，我媳妇是文艺青年。当时她是一家青年杂志的编辑，在家做家务、和孩子玩儿、写稿、看书……我熟知她的各种样貌，她是一个非常感性的人，常常被诗感动，但我更喜欢看她数钱的样子。作为爱人，我觉得那是我给她的最好看的姿态，后来再没看过妻子那样喜滋滋地数钱。

当然，最让我兴奋的不是工程款到手，而是第二年春天开闸放水，奔腾的水流从闸门轰然飞下，流入村庄，灌溉良田，自己的心里还是有一份骄傲的。因为这是供水和泄洪的水库，能让老百姓用上水，免受水灾之苦，我也找到了自己的价值感。那年，我正好三十岁。

多年后，我们全家去过那里，儿子都是大小伙子了。我跟他说，这是你爸爸起步的地方。

干水利工程的人就有这点好处，多少年之后水库还在使用，还有人为此受益。

那个水库闸门让我有了业绩，也有了口碑，从那之后，就开启了我自己带队做水利工程项目的新天地。后来我做的项目遍布伊春、延吉、佳木斯、牡丹江、齐齐哈尔……从做水利设备到工程总承包，一直做到现在。很多工程完工以后成了旅游景点，春天杜鹃花开满山坡，下面碧水荡漾。

在一个人事业发展的初始，碰到的困难一定有很多，这种逼自己做事情的意志力尤为重要，也是影响一个人事业、前途、命运的核心能力。

我最想和现在的年轻人，包括自己的孩子交流的一个感受是，别空想，你就脚踏实地地开始干吧，坚持最重要。你的精神和能力的强大，并不体现在突然的发力上，而是持续的、稳定的行动与单调的重复。稳扎稳打，步步为营，日积月累下去，终将会有好的结果等在那里。

（朱正泉：哈尔滨华能水利电力设备有限公司总经理、水利水电工程师）

【评点】

在这一生中，除了你自己，你不必向任何人证明自己。

——《追梦赤子心》

这是一个朴素的故事，不哗众取宠，不风起云涌，只有稳扎稳打，步步为营。事实上，真正的聪明人，都在用“笨办法”成事。所谓“笨办法”，就是花80%的时间打好基础，先掌握这个领域内最核心的思维方法和技能。看起来很慢，但却是最有效的方式。世上并没有毫不费力就能成功的捷径，捷径往往是最大的弯路。那些看起来云淡风轻的背后，都是由无数汗水和努力积累而成的。所以，人在年轻的时候，不必好高骛远，只要把自己的专业技能做好，也是能成功的。在什么阶段就干什么事儿，年轻时踏踏实实学本事，才是成长最快的方式。文中主人公说：“别空想，你就脚踏实地地开始干吧，坚持最重要。你的精神和能力的强大，并不体现在突然的发力上，而是持续的、稳定的行动与单调的重复。”说得真好。在日本有很多这样的匠人，一辈子只做一件事，并且把它做到极致。

一直向前

口述：宋琦　记录：姜米粒

我老家在黑龙江省齐齐哈尔市，一个重工业城市，后来我去东北林业大学念书，东北林大在哈尔滨，一个更大的重工业城市。我学的专业是森林旅游，学业以旅游管理为主。这并不是一个目标很明确的选择，而是根据我的高考分数定的，也考虑到211大学找工作能容易些。实际上，我大学毕业的时候并没有一个可靠的单位接收我。

从齐齐哈尔到哈尔滨生活的经历，让我意识到小城市和大城市对个人的影响，是凭借个人努力不能扭转的。我想，北上广之于哈尔滨，就像哈尔滨之于齐齐哈尔，差别会更大。我不喜欢广州、上海的气候，所以毕业以后，我带着不到两万块钱去了北京。

我父母是改革开放初期发财的一拨人，又因为各种原因在经济上回到了原点。我上大学的时候家里就没有钱了，我知道我必须要努力、要赚钱。当时想，如果这两万块花光了还没有找到工作，就再回哈尔滨，大不了继续当导游。

那时候家里有门路的同学还能凭着家里的关系找到比较好的单位，尤其是在东北，不要说公务员、事业单位什么的，一些大国企也很有实力，即使是今天，那些大国企仍然是国家的支柱企业。但我当时没有能力去那些单位。

去北京之前，我在网上找了几家用人单位，有家旅游公司的老板是位五十多岁的老太太，那家旅行社只有老太太和她侄女在做，几乎没有业务。但是我看她很有实力的样子，在海淀区翠微大厦有一层办公室，旅行社自己占用了一百平方米，其余的出租，所以在公司运转上是没有压力的。

我和老板谈的结果是我负责运营，底薪三千块，如果公司盈利，我拿20%的利润提成，我还可以负责招人。这样，我就开始上班了。

和我一起到北京的大学同学有七八个人，我和另外两个女生合租了一套两室一厅的屋子。我算了一下，在没有收入的情况下，我也能坚持一年。

每天从我住的地方出发要转两三趟公交车才能到单位，那真是蓬勃年纪，吃不好、睡不饱，但是精神头十足。早晨的公交车、地铁里都是通勤的人，大家都步履匆匆，不是必须走得快，是脚步慢了就会成为别人的障碍。那种匆匆的人流至今没有改变，我甚至喜欢置身其中，感受这个城市旺盛的生命力。

以我在北京这些年的感受来讲，无论是爱一个人还是恨一个人，都可以把他放到北京——这个世界上最有活力、最有魅力的城市，可以成就任何人的任何梦想，也可以毁灭梦想。

我先招聘了两名业务员，和我一样都是刚毕业的大学生，一个是北京人，另一个是东北老乡，加上老板的侄女，我们几个女孩就开始工作了。其实我不知道老板为什么对我有那么大的信任，我上班以后她立刻就把公司交给我了，十天半个月不到公司里看看。公司除了财务由老板负责，其余都由我负责。我当然有重任在肩的责任感，人家把公司交给我，我不能不好好干。

当时做境外旅游的是北京几家知名的老牌旅行社，他们做上游的批发商，其他旅行社都是采购这些旅行社的旅游产品。大公司做供应商，我们是二级、三级分销商，今天也还是这个模式。小旅游公司就是招揽客户，当时大家都在报纸上做广告，顾客看广告找上门来谈。那时，北京的所有报纸都有十几页的旅游专版，报纸的广告费很高，在十几页的版面中刊登一个小广告仿佛一点水淹没在大海里。我想，是否有其他宣传方式，可以同样得到客源呢?

刚到北京的时候，我参加了一个网站的推介会，讲解这个网站的推广模式：设计出合适的关键词，通过搜索这些关键词，你的需要就可以出现在网站首页或其他位置。在今天来说，这是一个成形的模式，也是已经被我放弃的模式。但在当时，那个网站做这件事是需要推广的，我就是被推广而且接受的人。我觉得上网搜索要比报纸来得快，那些上班的人，在单位随时就能搜一下。而且当时网站推广的价格很有吸引力，还能自己控制每天的数额，这样我们就能很好地控制广告投入的成本，用远远低于报纸广告的费用，达到了更好的广告效果。

我和老板沟通这件事，老板为什么那么快接受我也不清楚，可能她也是想要信任年轻人吧。今天让我把公司交给一个刚毕业的大学生，我好像都不能完全放手。也许老板就是想要投这些钱做这个生意，最差也就是白投了。对于经营者来说，前期的投入真的需要勇气和底气。

后来我找人给公司做网站，那个小女孩也是刚毕业的，超级投入地工作，我俩一个栏目一个栏目地琢磨，一个词一个词地斟酌，在网站做了一年的推广，搜索的关键词也让我绞尽了脑汁。考大学的时候我要是能这样用功，估计离清华不能太远。

我还给内部员工做培训，要求每个人每天开机十八个小时，从早晨六点到午夜十二点，只要有电话必须接，只要有咨询就不能错过。对她们进行各种情景通话培训，那些培训的内容今天我还在使用，并且越来越完善、周到。

一切都在按照我预想的进行，并且比我预想的还要好。我们每天都可以接到有效的咨询电话，并陆陆续续有成交的客户，这给了我们很大的鼓励。

后来我们接到一个大单位的出国订单，我做了详细的方案和解释，不仅做了该做的事情，还把原本需要对方做的事情也尽量做下来，“为对方着想，为对方尽量做事”的服务理念就是这样确立起来的。那个和我接洽业务的姐姐换了好几个单位，一直到今天还是我的客户，她每到一处都把旅游业务交给我，每次离开原单位的时候也把我介绍给接手的新同事，她说我做事靠谱。我的很多客户都是合作很久的。

入职第三个月我就有提成了，查到工资卡里跳出一个五位数，我吓了一跳，仔细数了一下，的确是五位数，今天都还能清楚地记得当时嘴角上扬的感觉。我妈说我是一个爱笑的孩子，小时候早晨没睁眼睛就能笑出声来，我觉得喜欢笑的人运气都不差。

2004年，北京万年花城的房价是七千多块。刚到北京的时候我想，都是什么样的人能买得起这个房子呢。看到那五位数，我的心里燃起了希望。

我在那个公司做了不到一年，因为老板家人有矛盾，公司做不下去了。离开那家公司以后，我加盟了一家旅游公司，主要业务也是做境外旅游。感谢我当时的老板，她给了我最大的信任，也感谢我自己，尽最大的努力去做事情。所有的努力看着是为了老板，其实是为了自己的。在那个公司不到一年的时间里，我学会了怎么拓展业务、怎样和客户沟通、怎样带领团队和管理公司……

2006年，我开了自己的公司，一切都顺理成章地做下来了。

我好像是那种不大回头看的人，一直往前走，走到哪里算哪里。

我到北京十五年了，从给别人打工开始，到自己开公司、结婚、生子、育女、把家里四位老人接到身边，买了三套房子，换了两辆车……十五年，完成了人生中需要解决的大部分内容，我觉得自己是一个幸运的人，总是遇到贵人。当然，生意也经历了起起伏伏。尽管人心难测，但我还是相信，善良和真诚地为他人着想，认真做事，没有什么难关是过不去的。

（宋琦，80后，北京康祥国际旅游有限公司第六营业部经理。）

【评点】

如果工作没有目标，那就不是工作，而是没有意义的行动。

——《刀锋》

宋琦说："我觉得自己是一个幸运的人，总是遇到贵人。"很多人的成功，也是因为当初的前进路上，有了贵人的一臂之力。但我们不免会问：为什么有的人运气那么好，总有贵人出现？认真想一想就明白了，贵人从来不会无缘无故出现。什么是贵人？在实现梦想的路上，坚持、努力、用心、拼搏，目标明确，百折不挠，做好你自己——当你把这些做好了，贵人自然就出现了。命运女神总是偏爱那些敢于奋斗的人，而宝贵的机会也将落在有准备的人身上。当有一天你成功了，在感谢客户、上司、投资人这些贵人之时，其实最应该感谢的，是你自己。你是自己的贵人。相信自己，就算这条路一眼望不到头，也要想办法去创造奇迹。

眼泪哪去了

口述：孙秋惠　记录：姜米粒

1998年，我三十五岁，我下岗了。

我原来的厂子，曾是中国最大的绝缘材料厂——哈尔滨绝缘材料厂。我下岗时，厂子已有好几年效益不好了，先是没有奖金，后来连工资也延时，直到连续三个月没开工资时，我接到下岗的通知了。

1981年，我没考上大学，1982年再考，已经不是大中专一条龙录取了。那年高考初试，我的分数比第一年高出很多，觉得很有希望。但爸妈说稳当点吧，要是报考大学，毕业以后不知道分去哪里，女孩子留在爸妈身边放心。我从小就听话，技校一毕业，我就进了哈尔滨绝缘厂的生产车间。

进厂的第二年初，厂里的宣传部公开招播音员。我的声音好听，写稿也还行，顺利通过考试，进了宣传部。我每天早中晚播报厂内新闻，厂区都能听到我嘎嘣脆的声音。加上我个子高、长得也漂亮，受到全厂瞩目，是一个闪闪发亮的人。

1995年开始，厂子就不大好了，一直改革，一个劲儿地精简精简。最后，整个党群机关都不剩几个人，宣传部就剩我一个人了。

1998年，工厂压缩党群机关工资总额，人少才能多分一点粥。开会，大家一致同意我下岗，有人说我家庭条件好，老公在交通局，有人说我在外面有兼职，什么理由都有，总之大家一致同意，把我牺牲掉了。

我当然不愿意下岗。论职称、学历、工作能力，我都不差，面子上更是过不去。我这么受大家瞩目的人下岗，很多人幸灾乐祸。未知的未来也让我担心害怕。

那阵子，我天天哭，都不想活了。一开始，老公知道我委屈难过，以为我哭几天就好了，哪知我一哭哭了二十几天，没完没了。

我女儿九岁，拿出她的画给我看，一只小鸡在找妈妈。女儿说，妈妈要是不在了，她就是没妈妈的小鸡了。我心里咯噔一下，忽然就没有想死的心了，我不能让我的女儿没有妈妈。

那我能做些什么呢？

我们党群机关在厂外家属区有一个废旧的图书馆，工厂不景气，早就没人看书了，一直用来出租，赚点活动经费。但是房子地面返水，常常把租客的东西泡水了，房租收不上来。我跟领导商量，让我回家总得给我个活路。领导说，咱们机关什么也帮不上你，只有那间房子，可以便宜租给你。我说，我还不知道干啥呢，哪来的钱给你租金？领导说，要不你就买下来，爱干啥干啥。我脑子一热，买就买！好歹也是个一楼的门面，在小区里卖馒头也得有个地方。

赶紧回家找人借钱，凑齐了送到单位，当时我就拿到了钥匙。听说第二天机关就开工资了，不知道是不是我送去的房钱派上了用场。

那房子不到一百平方米，举架高，差不多有五米，地面一直往上返水，屋子臭烘烘的。我想大概是地下的排水管有漏的地方，找人来把地面挖了好几车土出来，终于找到了一段已经烂成碗口大窟窿的下水管，挖出来的管线有几十米，都得更换。

买房子把家里的钱花得差不多了，工地那边的人工、车辆、材料都需要钱。我为钱和工程直犯愁，就顾不上流眼泪了。一边施工，一边琢磨干点什么好。

从小我就喜欢唱歌跳舞，是学校和厂里的宣传骨干，我也喜欢小孩。这片区域没有大的幼儿园，我和老公商量要不要开一间幼儿园。老公说，房子面积够了，你的书也没白读，开幼儿园正好。

办幼儿园处处是坎儿，除了邻居不理解，办手续也不容易，卫生、消防、资质……幼儿园还没开呢，已经折腾得筋疲力尽。

其实到今天我也不明白那阵子是怎么回事，那么多企业怎么一下子都不行了，职工纷纷下岗。如果咱们下岗了厂子能好也行，结果厂子还是不好，越来越不好。大量下岗职工再就业是大问题。

我给市领导写了一封信，说我这个下岗女工自谋出路遇到的种种困难，希望有关部门即使不扶持我，也不要难为我。市领导非常重视，居然给了批复，区里、街道办事处都来现场办公了，给我解决问题，从此一路绿灯。

我的天天乐幼儿园在1999年6月21日开张了，那个日子我记得牢，好像我的第二个生日一样。

开园第一天就来了四个孩子，我开心得不得了，这四个孩子给了我很大的鼓励，后来陆陆续续收了十几个孩子，资金一下就周转开了。

有一天来了一个小男孩，他爸爸交了钱就走人了，不像别的家长会看场地、问师资什么的，他不看也不问。那孩子小脸蛋抽抽巴巴的，身上一股咸不咸馊不馊的味儿。我赶紧拿出大澡盆给孩子洗澡，小背心小裤衩也顺手都洗了。6月的哈尔滨天气好，一会儿衣服就干了，又给孩子换上。我跟孩子说，每天都让爸爸妈妈给你换小裤衩知道了吗？孩子点点头。

我爱干净，看不得孩子埋汰（脏），常常给埋汰孩子洗澡。我妈说我收的托儿费不够烧洗澡水的。孩子跟我时间久了，反过来影响爸爸妈妈，比如卫生习惯、礼貌等。我喜欢看到教育给孩子和家长带来的美好转变。

开始没有实力雇幼师，我一个人负责教学，唱歌、跳舞、画画、数数……我爸帮着做饭，妈妈帮着我看孩子。头两年是真累、真艰难！但是我挺过来了。

再后来，区里、市里都把我当作再就业的典型宣传，报纸有字、广播有声、电视有影。原单位好多职工也把孩子送到我这里来，他们对我的为人和做事信得过。成天忙活幼儿园的孩子，和他们一起做游戏、学习，让我特别有成就感。

天天乐幼儿园开到现在，整整二十年了。开园的时候，我没想到能一直开到今天。

年年岁岁花相似，岁岁年年孩不同。除了下岗那阵儿天天哭，自从开了幼儿园，我就再也没哭过，眼泪都哪去了呢。

（孙秋惠：60后，哈尔滨市天天乐幼儿园园长）

【评点】

世上有些地方是高墙关不住的，在人的内心有其他人管不到的东西，是完全属于你的，那就是希望。

——《肖申克的救赎》

“水到绝境是飞瀑，人到绝境是重生！”世上没有走不通的路，只有不愿走的人。人生不过是一次又一次绝境逢生。绝境有的时候，是经济上的困境，譬如下岗、破产、一贫如洗、家徒四壁；绝境有的时候，是空间上的困境，譬如像电影中肖申克的入狱；绝境有的时候，还是精神上的困境，譬如不知道生活还有什么意义之时——不论是何种困境，其实都是人生面临重大突破的时候。要知道，只有到了走投无路的时刻，人才面临着一种提升、突破、蝶变。硬着头皮，迎着困难，闯出一条生路，固然荆棘密布，固然会异常艰辛，但当你真的走过去了，就会发现，前面是柳暗花又明，是一览众山小，更是人生之大美。

那年，我卖冰棍

郑庆霆

三十六年前，十七岁的那年冬天，我拥有了平生第一辆海鸥牌载重自行车。

要知道当时为实现买辆自行车的愿望，我可费了不少心思，整日吃不下饭睡不好觉，甚至踢破席子、敲断床板，连做梦满脑子都是自行车的影子。父亲最终拗不过我的犟脾气，某天一大早，亲自到邻近的桔岗村问表叔借钱。一进门，父亲快人快语：“我那小鬼，真拿他没办法，整天发疯似的嚷嚷要买自行车……”表叔此时已明白父亲的来意，很爽快地递给父亲整整二十张的十元面额大钞。在八十年代，这二百元人民币可是我家辛辛苦苦养一年大肥猪才能换来的。

买来自行车后，我没安享自乐，心里盘算着如何把买自行车的这笔钱给赚回来。

转眼到了来年的初夏，有一天我在村子里转悠，忽听得巷口处隐约传来清脆悠长的叫卖声。细听口音，原来是我的发小五囡在叫卖冰棍，一口纯正的衢州城里话在巷子间回荡。车子骑到我跟前时，他不断地冲着我讪笑，还故意提着嗓门叫喊："赤豆棒冰……白糖棒冰……卖棒冰啰……"这城里话的叫卖声，在他嘴上还别有一番韵味。

他车子停稳后，我就和他套近乎，"就你刚才的城里话，嗲声嗲气的，这卖冰棍跟城里话也能搭上边？""这个你就外行了，你瞧瞧那些摆地摊卖盘卖碗的，满嘴的顺口溜，讲得口水直流，不就是刺激过往行人的购买欲望吗？我没文化，可我喜欢说城里话，新鲜时髦，乡下人也爱听，会吸引人。如此一来，棒冰就销得快。"

我听得入神，没想到他脑袋瓜这么机灵，竟然想出这么一招来招揽生意。他继而又凑到我的耳旁，有板有眼地跟我说起卖冰棍的趣闻。我的心顿时痒痒的，恨不得立马行动。

次日天刚露白，我急乎乎地请来邻居木工师傅叶金土，开始着手制作棒冰箱。箱子制成后，按照箱子的规格，父亲翻箱倒柜找来一些破棉絮，缝制成一块棉絮垫，把它钉在箱子的内层，起到保温作用。

就这样，我约上五囡一起，到十字街口的衢州酒家冷饮库进购棒冰。出城后兵分两路，各自叫卖……

记得有一次，我在塘北村偶遇一位妇女，捶胸顿足地在骂老公和婆婆，旁边有好多人围着起哄。趁着这当口，我赶紧下车立住车脚，颤颤巍巍地走到她们跟前："这么热闹哇，口干了吧，要不来根棒冰解解渴？”“小毛头，走一边去，没瞧过像你这种做买卖的，你爸妈没给你长嘴呀，一声不吭的，做贼呀，老娘倒让你给吓着了。”一位大妈接过话茬，说话连珠炮似的。棒冰一根没卖掉，反而溅到一身的口沫，受到一顿的数落，我悻悻地离开了。

细想刚才大妈的话倒也说得在理，于是我躲到一个偏僻的小巷口试着吆喝。尽管脸憋得通红，可还是喊不出声。我鼓起勇气再次开喊，刚张口，一股臭味借着巷口的风向扑鼻而来。此时，一位中年汉子挑着粪桶晃晃悠悠地朝我这边走来，不晓得他是故意的，还是真的累了，挑到我跟前时，他竟拔出粪勺柄子垫在屁股底坐了下来，还随身摸出旱烟袋悠然地抽起了旱烟。

我顿时不悦：“你抽啥烟还不嫌臭！”

“嘿，你这小子，看你就是一个不正经的样，老子还没发话呢，你倒说起我来了，你不会是做了啥亏心事了吧？”

“你没长眼睛呀，我是卖棒冰的，就刚才你打断了我的吆喝，真扫兴！”

我跟中年汉子较上了劲。

“哪有躲在角落里吆喝卖棒冰的，没出息，你还不快走，拉到人多的地方去叫卖……”

中年汉子喋喋不休，我心里直嘀咕，这倒霉事咋都让我给碰上了呢。

当我再次跨上自行车沿路叫卖时，第一次喊，声音低低的，再喊又高了些，最后激情迸发，似乎响亮多了。

田间小道沟沟坎坎，我凭着娴熟的车技总能跳跃而过，皂子树上知了在声声地喊：“热死了……热死了……”

广袤的田野稻浪滚滚，金黄的稻穗舒展着娇美的身姿，频频向我点头招手。掠过眼眸，没有了诗意和浪漫，倒是刺耳的蝉鸣声，激发了我提起嗓门：“卖棒冰啰……卖棒冰啰……”阵阵的吆喝声仿佛胜过蝉鸣，在空旷的田野间回荡。

稻丛间，我依稀看到一个人影在晃动。不一会儿，这人探出半个脑袋，不停地朝我挥手，示意让我停下。只见他裤脚一只长一只短，在田塍的偏僻处解了泡尿后，径直跑到我跟前，不由分说地掀开箱子要拿棒冰。

“大叔，我看你刚才没洗手呢，还是我给你拿吧！”

“我都渴死了，哪来那么多废话？”

说话间，一根棒冰早已落在他手里。我细瞧，才看清这位大叔是个癞痢，阳光洒在他的头上油光发亮。此时他架着二郎腿靠在树下，嘴里不断地发出“嗤嗤”声，舌头伸得老长，继而舔舔又继而咬咬。

我坐在一旁，眼睁睁地看着，口水直往下咽……好几次掀开箱子伸手去拿棒冰，但最终又缩了回来，好不容易卖出第一根棒冰很欣慰，真舍不得吃啊。终于熬到他吃完了棒冰，心里甜滋滋的，可没想到，他走到我的跟前，两手往屁股后擦了擦：“小鬼，我身上没带钱，待会儿再给你吧。”

我一下急了，这哪行哇："大叔，你没钱吃啥棒冰呢？"我气不打一处来。

"你放心，我徐家村的，村里都管我叫癞痢四祥，钱少不了你的。"

我一脸沮丧，只得继续上路。心想，这个癞痢尽占小便宜，棒冰的钱没指望要回了。

此时已正值晌午，烈日当空，我又饿又渴。当骑到徐家村一户农家门前时，还没等我吆喝，屋内却传来了热情的招呼声："小鬼快进来吧，我在等你一起吃饭呢！"

我定睛一看，原来是刚才买棒冰不给钱的四祥大叔。我也顾不得客气，当即把棒冰箱卸下，放在他家客堂的一角。坐定后，我狼吞虎咽足足吃了三大碗饭，吃完了饭我抹抹嘴巴主动开口："大叔，棒冰的钱你就别给了，按理我还应付你饭钱呢。"

"你先别提这个，我就喜欢能吃苦的孩子，看你也挺累的，现在是棒冰最好卖的时候，我赶紧帮你招呼邻里，到我家来买。你就尽管待在这儿，这样你也省心，免得在外面晒太阳。"

不一会儿，堂前就挤满了一大群大叔大妈，你一支我一支，眼看着快把箱子掏空了。最后还剩下十来支，有几位大妈用试探的口吻说："小鬼，我现钱没有，家里鸡蛋倒有，我用一只鸡蛋换你一支棒冰行不？"我不假思索，爽快地一一收下换来的十个鸡蛋，小心翼翼地放在箱子里。

满满收获后，我一路欢歌。心想，幸好遇上这个癞痢大叔，否则说不定错过棒冰的旺销时间，棒冰就会融化。

当我屁颠屁颠骑到村口时，远远看到母亲在路口张望着盼我回家。一进家门，我迫不及待地打开箱子，发现箱子内的十个鸡蛋并不“安分”，竟然相互“打架”，壳破蛋飞，箱子内层的棉絮垫也成了一身的泥糊……母亲很心疼，有些嗔怪，劝我别卖棒冰了，说我不是做生意的料，从此我再也没有做过买卖了。

这段年少时的卖冰棍经历，令我刻骨铭心、终生难忘。它让我深切地体会到了生活的磨难、父母的操劳和自食其力的可贵，更激励着我在今后的人生道路中，顽强拼搏，砥砺前行。

【评点】

我们的战争充其量不过是内心之战；我们最大的恐慌就是自己的生活。

——《搏击会》

经常有作家把生活比喻成一场战争。这是一场旷日持久又不见硝烟的持久战。因为生活中的每一个人都是战士，都要面对层出不穷的问题与“敌人”。没有人能一劳永逸地解决掉对手。甚至，正是那些“对手”与你一起构成了生活本身。日子一天一天过下去，你与“对手”相伴相依，彼此成全——并不一帆风顺的生活，成就了你跌宕起伏的人生，而你也终于成就了自己的精彩生活。每个人的生活，也许都是从小小的事物开始的——生活忽然交给你一个小小的冰棍箱，里面的棒冰会融化，你要克服所有的困难把棒冰卖出去；与此同时，你要开始见识和领受人世间的一切，好的坏的，丑恶的善良的；当然与此同时，你也领受艰辛，领受温暖，这就是生活的真相。

我把人生中赚的第一笔钱给了一个老人

口述：许保安　整理：杨小云

我是福建人，出生成长于安溪。准确说是在离安溪四公里之外的郊区，那里是铁观音的故乡。

1989年，我19岁，高考不出所料的落榜了，那时在我们乡下，考不上大学是常见，考上了才是不常见，所以爸爸妈妈也没有过多指责我，爸爸跟我说，跟我去农场待一阵，先长长见识吧。那时爸爸妈妈在离安溪不远处承包了一个农场，我别无选择，跟着父母去了。

那个农场坐落在一个深山里边，非常大，里边有果园、茶园，还有水库、农田，我天天跟着爸妈在茶园采茶，给果树施肥，采摘果子，坐小船在水库捞鱼，活儿不算累，我就是跟着看别人怎么劳动，偶尔动手帮一下忙，然后四处瞎转悠。

日子很乏味，每天看着深山里的太阳从树梢上升起，又落到另一处山头。有时，会招待从城市里过来玩的同学，或是从市里过来拉货的客户，听他们聊市里的新闻。那时邓小平视察南方不久，南方城市变化很大。听他们说起KTV、舞厅、股票……我在山里什么都不知道。我还那么年轻，可感觉自己完完全全快废了，什么也不懂。

有一天，我终于鼓起勇气跟老爸说，我不想待在山里，我要进城做生意。我们福建人，好像做生意的想法是与生俱来的。爸爸没有太吃惊，他想了想说：好吧，我进城找人帮忙，我看你的确在这里待不住。不过做生意有两点你要记住，一要吃得起苦，二要有诚信。

老爸进城找了他的一个堂弟，他在城里的屠宰食品厂工作。二十世纪九十年代初的食品厂还是相当吃香的国营单位，老爸让我跟他堂弟拜师学艺，学习认识猪的各个部位，以及如何挑选猪肉、如何切割猪肉、如何卖猪肉等。

学徒生涯每天都很累，但我充满干劲，堂叔倾尽自己的本事教我，我跟着他学习到各种技能，虽然每天只有一元五角的收入，我也很满足。那时真年轻，精力旺盛，在屠宰食品厂工作到很晚，下班后依然和朋友们去大排档喝酒、去舞厅跳舞、灯红酒绿下谈一些没有成功的恋爱。我感觉到这才是我想要的城市生活。

两年后，我终于出师了。

那天，师父带我去屠宰食品厂买了半扇猪肉，扛到城里一个自由市场后，他不出面，由我自己一个人在市场上吆喝买卖。

天性使然，我居然脸不红心不跳。遇到每一个顾客，都甜蜜蜜地叫一声大姐或大哥，恭恭敬敬地按他们的要求切割猪肉，秤也称得旺旺的。只半天工夫，我成功卖出了半扇猪肉，回来和师父一算账，除掉本钱和摊位费，竟然赚了三十元。在1991年，一天有三十元的收入算是相当可观了，我高兴极了。

飘飘然走在回家的路上，我计划着周末回一趟农场，盘算着师父给的工资和今天挣的三十元，可以给爸爸妈妈买点礼物——老爸的胶鞋裂口了，老妈砍香蕉戴的手套该换一双加厚型的，或者再买点糖果给哥姐和妹妹们……

这时经过一条小街，看到前面闹哄哄地围着一群人，我挤进去打探，一个看上去跟我爷爷相似的老人正痛苦地在地上打滚，一边号哭，一边双脚蹬着泥地，旁边散落着一根扁担，两个箩筐，一杆秤，地上还有一些花生。

怎么回事呢？看着老人痛苦不堪的样子，我自言自语地问道。旁边一位中年人叹着气说："唉，老人家从山里出来，挑了两担花生卖，结果收了一张一百块钱的假币。那个人可坏了，拿一百块钱的假币买十块钱的花生。老人家辛苦一天挣的钱，全给骗子了。"

看着老人痛不欲生的模样，我的心揪起来了。顿时想到爸爸妈妈在茶园里辛苦劳作的身影。天不亮他们就起床，妈妈摘茶叶，爸爸割草到鱼塘喂鱼，每天都是一直忙活，直到夜里的星星出现。

我赶紧上前拉起老人家："您别哭了……"大爷捶着地说：

“我指望着这钱送老伴儿去医院啊，天哪，我走了一晚上的夜路来，好不容易卖了九十多块，这不是要我命嘛。”我想都没想，摸出兜里的七十五块钱，跟他说：“大爷，我这有七十五元，全给你，赶快回家吧。别哭啦！”我再摸摸所有的兜，把剩下的一点零钱全部给了大爷，这时听到有人说话：“哎呀，大爷你遇到好人了。”其他人纷纷摸出五元、两元送给大爷。老人家终于止住了哭声，接过了大家的钱，低头感谢着。

我长出一口气，挤出了人群，回家了。听到身后隐约的声音：这小伙子不错。

第二天一早，我依然去师父的屠宰场买了正规猪肉去市场上卖。这次我找师父借了钱，准备卖一头猪，就是两扇。师父问，卖得完吗？我说：争取吧。师父告诫我最好当天卖完，不然到最后只能打折了。

刚出摊位没多久，市场还没开始热闹，我正准备分割猪肉，忽然来了一个胖胖的中年人，跟我说：“小伙子，你的这半头猪，我全要了，帮我送到学校去吧。”原来他是一个中学的采购，这么一大笔生意，我简直高兴坏了，忙不迭地答应着，找了三轮车，汗淋淋送到了学校。

胖胖的采购员让我以后每周都送两扇猪肉到学校。我有了固定客户，特别高兴，赶紧道谢。这时采购对我说：“小伙子，你才卖了两天肉，知道我为什么找你吗？”我茫然地摇头，他说：“昨天你给一个卖花生的老头一大笔钱，我当时也在，认出你来了，你第一天在市场上卖肉我就知道你是新来的。小伙子，你心眼好，实在，我就喜欢和你这样的人做生意。”

回家后，我第一次认真思考了老爸对我说的话：“做生意有两点你记住，一要吃得起苦，二要有诚信。”也记住了学校的胖采购跟我说的话，心眼好才会有朋友。

此后，我连续卖了五年猪肉，这五年间，我的进货全是正规渠道，从不收购低价的灌水肉或病猪肉，也从来没有缺斤少两，真正做到了童叟无欺。

卖猪肉的第二年，我拥有了相当数量的固定客户，别人一天卖一头猪，我一天能卖三四头，五年后，我买了房，六年后，我结婚了，彩礼钱是我自己挣的。

七年后我赚到了人生的第一桶金，用攒的十万块钱去云南做珠宝生意。

又过了五年，我先做摩托车和汽车电池的生意，后来做汽车配件，签下了西南三省加广西重庆一共五地的总代理。

三十年风风雨雨，一晃而过。

儿子长大了，大学毕业后跟我学做生意，记得有一次带他和客户吃饭，在那家饭店门口，遇到一个提着篮子卖松子的老人，儿子不喜欢吃松子，可是他把一篮子的松子全买了。我放心地把公司最大的业务交给了他。我告诉他，诚信为本，童叟无欺。

现在，我来到柬埔寨，开辟新的事业，成立了一家不算大的跨国公司，开始尝试做全新的进出口生意。

今年，我年过半百了，可是我觉得自己并不老，一个崭新的世界在等待我。

我依然会保持一颗良善的心，诚信为本，童叟无欺。

【评点】

决定我们成为什么样的人的，不是我们的能力，而是我们的选择。

——《哈利·波特与密室》

善良的心自然会被善待。善良的付出也总能得到回报。人生是一条长路，谁都有碰到困难的时候，若在他人困难之时施以援手，拉人一把，是莫大的善举。

善良的付出虽不求回报，回报却总会在合适的时候到来。送人玫瑰，手有余香。付出之时，自己已得一份快乐。付出之后，善良的心得到巩固，得以加强，使得为人处世更多一份笃定，更多一份坚信，更有助于人生的成功。这些都是善举之后的回报。

当下之人，常常浮躁，有的人就不敢再去相信一些什么，不相信真诚，不相信爱情，不相信善良，不相信善良的心总能得到善待。其实，善待他人，可以让人生走得更远；善待自己，可以让生命活得自在。决定我们成为什么样的人的，不是我们的能力，而是我们的选择，是你相信的善的力量。

元宵灯笼好漂亮

邵作彦

我想起了二十世纪九十年代中期的一个元宵节。

那是一个鼓励全民经商的年代，市委书记站柜台的照片赫然刊登在报纸的第一版上。我从堂侄儿那里听说，去年他们巨化共青团组织搞活动，元宵节市区灯笼很畅销。迫于两个儿子上中学的压力，我也正想合理合法地赚点钱，以解燃眉之急。于是就托同事买了两张去义乌的火车票，决定趁寒假带着上高中的大儿子去买一些灯笼来卖。

正月里的一天，寒风料峭，我和儿子到火车站一看，到处是人山人海。好不容易进了站，等到列车缓缓停下，我从车窗口望过去，车厢已经挤得水泄不通。面对潮水般等待上车的旅客，车门根本不能打开。费了九牛二虎之力才弄到的两张无座票，看来是要泡汤了。

正在绝望之时，忽然有一扇车窗打开了，从车窗里爬出两个人，说是到站了。看到有两个人下来，车窗还没来得及关上，我就紧贴窗沿的边框，一个纵身钻进了车厢。

其实车厢已经没有空间了，我悬空的两只脚只能踩在人们的头上、肩上、身上……正值春运高峰期，大家都很理解，也没有什么埋怨，更没有叫骂。而此时，知识分子的斯文也不知道跑到哪里去了。

我刚刚站定，窗口的旅客就要把车窗拉下来，我连忙说："等等，让我儿子上来。"说时迟那时快，我迅速把儿子从窗口拉进了车厢，站定，列车便缓缓地开动了。

因为天气寒冷，站在月台上的人都穿着棉衣，头尽量往领子里缩，但车厢里闷热极了，一个个衣服都敞开着。或许是刚才的一阵忙乱，我只觉得内衣全湿透了，额头上的汗珠还在不停地往外冒。但车窗却都是关着的，毕竟大年刚过，谁敢直面呼啸列车带来的扑面冷风呢？窗玻璃上满是一溜溜水蒸气凝结成的水珠流过的印子，坐在车厢里，就像闷在罐子里一样，乱哄哄的，你也不知道车子到底开到哪里了。一路上我都提心吊胆，生怕坐过了站。

到了义乌小商品市场，面对琳琅满目的小灯笼，一时竟不知道应该买哪一种。按照我的主观臆测，应该买红色塑料的小灯笼，儿子却认为应该买纸质的彩色小灯笼，两人还争执起来。最后我相信了儿子的说法，毕竟他年轻，更合潮流，而且硬塑料的圆灯笼一趟能带几个呢？纸质的彩色小灯笼可叠可折，一个纸箱就可以装好几百只。事实证明，儿子的想法是对的。

货进来了，接下来的问题是怎么把这些货卖出去。某个星期天的下午，为了给自己壮胆子撑面子，我叫来了在机关工作的弟弟。做生意对我来说毕竟是大姑娘上轿——头一回，有些胆怯，也有些放不下面子。须知，我当时已经是高级职称的知识分子了，或许还有点知识分子的臭架子吧。

摊点就设在东方商厦外面的广场上，或许弟弟也有些尴尬，装着若无其事的样子，掏出烟一边抽一边谈笑风生。当时的广场空落落的，一个下午只卖出去一只灯笼。

后来经常陪我卖灯笼的是我们单位的打字员，每天下午四点半后，其他同事都去打乒乓球或下康乐棋去了，我们就去广场上摆摊。记得那天走到教工幼儿园门口，园里的老师得知我们是教育局教研室的，对我们很客气，拿来一张平时不用的旧桌子给我摆放灯笼。买卖开始了，给我提供方便的老师，我当然会送一只，那买灯笼的只要和我说起家乡话，我就送她一只，七送八送，不到两个钟头就送出去几十只。

幼儿园门口那些接小孩放学的家长，看到我们的灯笼，一下子围了过来。有两个孩子的奶奶，各挑了一只灯笼拿在手里，一定要我便宜点。人围了那么多，怎么便宜呀？便宜了你们两个，其他人当然也得一视同仁呀。我忙着生意，一时还没有回复她们，她们也不等我答应，每人少付五毛钱，扔到装灯笼的纸箱里，顾自心满意足地走了。

人走得差不多了，一个工人模样的父亲赶来接小孩，路过我的摊位，那小孩看到五光十色的灯笼赖着不想走，非要买一只不可，但父亲就是不肯买，可能匆匆下班没有带钱吧。围着我们的人群走得差不多了，我对他们说：“拿一只去吧，让孩子高兴高兴，不要你们钱。”说着，我选了一只绿底红花的漂亮小灯笼递到孩子手里，孩子正要伸手来接，被父亲一个侧身挡住了，就是不肯让孩子拿灯笼。他朝我点点头，硬邦邦地抱着孩子坐到自行车上，推着孩子离开了。

人与人就是不一样，有的人占点小便宜就心满意足；而有的人，你就是诚心诚意地送他，不该要的他也坚决不要。

有天吃过晚饭，我和爱人提着灯笼在街上转悠，一只也没有卖掉，刚想要回家，忽然下起雨来。因为没带雨伞，只得拎着装灯笼的纸箱子走进南街的糖烟酒公司门口避雨，可能是卖得不好，我们都一副没精打采的样子，风雨中靠在人家的店门上……我爱人事后跟我讲，那个时候如果有照相机把我拍下来，该有多么狼狈！

元宵节到了，我们早早吃了晚饭，想兵分几路，抓住这最后的机会孤注一掷。我和我的侄女一组，在糖烟酒公司门口的两棵树的中间连起一根绳子，绳子中间挂了五六只灯笼招揽生意。

元宵夜晚真热闹，漂亮灯笼卖得俏。那些成双成对的俊男靓女们，看到这么漂亮的灯笼，好像喜从天降，正好可以借助它度过一个浪漫之夜。小孩当然更喜欢，你一只，我一只，半箱灯笼一下子就卖光了，连几只铁丝断的也被抢购一空。

回到家里，几路人马聚到一起，灯笼全都变成了挎包里的钱。摘下挎包向床单上倒钱的时候，硬币与硬币撞击发出叮叮当当的声音，像一种无比美妙的音乐！

第二天晚上，我打开电视，看元宵夜的街头，“东风夜放花千树，更吹落，星如雨。宝马雕车香满路。凤箫声动，玉壶光转，一夜鱼龙舞。”放眼望去，人们手上拿的竟然大多是我卖的灯笼，看他们个个喜气洋洋，眉飞色舞，过去的那些艰难和不快便一扫而光。想不到无意识的一次经商，却为衢城的元宵夜增添了亮丽精彩的一笔！

卖灯笼的前后一个礼拜，我赚了一千多元，相当于当时我三个月的工资。从此，我对业余经商产生了浓厚的兴趣：寒假时候，运一车江山糯米酒原汁到开化去销售；暑假到了，从杭州红旗印刷厂进来一万多本随笔本回衢州销售；还和小舅子投资合办起了遂昌县大凉山杨梅酒厂……虽有盈有亏，但总算使自己摆脱了捉襟见肘、囊中羞涩、入不敷出的局面，跟上了时代的步伐！

这业余赚取的第一桶金让我明白，天道酬勤。抓住机遇，不畏艰难，彩虹总在风雨后，自己的幸福只能靠自己去创造！

【评点】

如果你不出去走走，你就会以为这就是世界。

——《天堂电影院》

跨出第一步总是最难的。狼狈、艰辛、屈辱、挫折、彷徨、失败总会如影随形。但是如果不跨出这第一步呢？那便只有失败。

勇敢地迈出第一步，去尝试那些从没尝试过的生活。这个故事的主人公，在卖灯笼的前后一个星期里赚了一千多元，相当于当时三个月的工资，这一份获得还是小事，最重要的是，他从此对业余经商产生了浓厚的兴趣，得到了更多的收获。出去走走吧，你会看到一个全新的世界。怕什么嘲笑讥讽，怕什么风吹雨打，你本来也没有什么可以失去的，干就是了。

逃出困境

口述：吴端平　整理：曹晓波

我从小就对“经济”特别有感觉。

在大连工学院读书的时候，放假回家，看见杭州的牛仔裤一条卖十四块钱，大连要卖二十七八块。人家回学校拎的是吃的用的，我却用交饭费的钱换了两大袋牛仔裤，到寝室里挂起来卖，卖得比大连的市场便宜。

大学里我是有名的舞王，市里大学生交谊舞比赛我得了三等奖。那时全民时兴“蹦嚓嚓”，我利用名气办班，一个月四节课，一节课也能挣十几块钱。

有一天，我在天目山路停车场看见不少长途来杭的货车，一下子捕捉到赚钱的机会。下了班，我借一把黄油枪，到停车场问车主要不要全车注油保养。人家看我干得内行，收费也不高，才十五块钱，也不当一回事。我积少成多，一个月有一千多块进账，有时候一晚上就能赚一百。

出了学校，我到厂里干了三年技术员。二十世纪九十年代初，工厂改革，叫公司了，我被调到一个分厂干汽车销售，当副科长。

这个科没有正科长，我好比是“深山见了太阳”，鱼挂在了猫的头上——有奔头了，整个人的感觉都不一样了。

那时汽车旺销，又是计划经济和市场经济双轨制，谁能和汽车销售搭上边，都很吃香。连那些晚上坐在宿舍门口的退休工人，给买车的人引引路指指门，都能赚一两百块小费。

开会住宾馆、吃宴席、吹中央空调、小车接送……我哪享受过这种日子？每天愁下饭菜的日子一去不返，请我吃饭的人有时候还得预约。我也结识了不少生意上的行家，慢慢看懂了市场。

我这个人待人特诚恳，车子紧俏，也不会摆架子，无非就是排计划的先后问题。不像有的人坐上这种位子，帮人一个忙，要说得像花了九牛二虎之力。

学做生意，确确实实就是在学习做人。

你问我为啥要从厂里出来？三言两语说不清楚。厂里的头儿有段时间对我冷淡了。开会的时候领导过来，我迎上去，可是领导的头转开了，装作没看见我。在销售上我和外面打交道比较多，可能有不注意的地方，被人说闲话，但我没有侵害过企业的利益。

领导装没看见我，又不找我谈，意味着我爬不上去了。爬不上去就没分房子的机会，老婆也讨不成了，什么指望都没了。我还像癞蛤蟆趴在那里有什么劲？

于是我走出工厂，还是做汽车生意。1994年，我承包了某集团下面的汽车销售公司，贷款六十七万元，每年要上缴二十万元利润。

没料到，自从我接了这个“包”后，汽车市场就开始走下坡路了。国家一控制贷款，买车的少了。一辆东风平头货车紧俏的时候转手能赚两三千元，后来赚个五百元都难。

那段时间，我每天都在想，怎么才能在最短的时间把六十七万元变成一千万元？想来想去，还是炒股。

1995年，股票跌到三百多点，我看机会来了，把所有资金全投进去，这回真的赚了。人啊，最不能满足的就是欲望，赚了一百万元，就想要两百万元。小试牛刀的盈利使我高估了自己。当时的股市没有涨停板，最高冲过一千零五十五个点。本来我已经撤退了，跌到七百多点时，我看赚钱的机会来了，又把所有的钱推了进去。那一天，从早上到下午，股市狂泻两百八十个点。

我整个人透心凉，就像一只玻璃瓶子落了地，“啪”的一声，全碎了。

跌到五百点的时候，我估计跌得差不多了，透支三百万，又博了进去。结果继续跌，这一跌和以前就大不一样了，输了全赔，还要平你的仓。六十七万做生意的本金，就这样全没了。那种日子，要是心理承受不了，早就爬到十六楼往下跳了。痛苦啊，当时我真恨不得再回到打工的日子，虽然钱不多，至少没有这样的压力。

我能熬过那段困境，全靠自己的信誉。得势的时候，没有小看过一个人，失势时，也没有骗过一回朋友。

我在绝望中苦苦维持着。有一天，我遇到一个多年没见的朋友，他问我，你们那里长安车好不好卖？我说我没卖过。我和他都是两眼一抹黑，他问我想不想做，我说好的。他把车发过来，我卖掉，马上返钱给他。那时，我为了做大交易量，根本不考虑赚多少钱，一辆面包车进来四万七，我加二三百块就脱手。生意顺的时候敢压两百多辆库存，资金压力也缓了不少。

好景不长，小车的市场开始下滑了。厂家为了适应市场，调整了销售策略。我又苦苦做了两年，终于把炒股的亏空慢慢填平了，一个公司七个员工的开销也维持过来了。

我做长安车，为什么别人这么相信我？还是那句话，诚信。

当时，厂家发一次车最少五十辆，多的时候两百辆，我们之间从来没有一个书面的协议。那个年头的市场谈不上“规范”，几千辆车的交易，我没有一笔坏账，也没有一笔糊涂账。

这一点，哪怕是有协议约束的销售商也很难做到。那时坑害国有企业好像都是正常的事，我也被人坑过，只能自认倒霉。

这几年来能逢凶化吉，凭的就是生意场上做人的信誉。

那几年，在杭州汽车市场做得最好的几家，都是在原来国有资本的延续下做出来的，名气大、信誉高。像我们这种小公司难有立足之地。我喜欢研究哲学，对市场策略的调整也是借了毛主席“农村包围城市”的灵感。倒不是说我想包围杭州，而是考虑到周边地区有很大的市场，他们要到杭州来买车，我何不主动出击?

1996年，萧山、富阳、桐庐汽车市场都面临着承包、重组和调整的局面，当时百万资金规模的营销公司就算大了，我要是在那里竖起自家招牌，肯定有戏。于是，我首先在萧山成立了分公司，销售的策略也有所改变。原来我是专销东风平头车，这车口碑不错，售后服务也是我的特长。在萧山，我搞起了综合经营，桑塔纳、富康、捷达、解放车都卖，这对我后来的整个发展也是一个演习。

公司忙活起来，股票的阴影渐渐淡了，贷款也还清了。无债一身轻，走路都想唱几句。没有想到，新的打击又找上门来。

当时有个湖南津市的客户，在我这里买了六辆东风货车，一辆按十万计算，一下子就是六十万的生意。可是万万没有想到，驾驶员把车子送到津市，马上被当地人有组织地劫走了，六十万车款一去无回。当时我连关闭公司的心都有了，还是去打工安心，图一个看太阳下山、无忧无虑的心情。

创业中的这两次打击，确确实实给了我教训。干啥都不能只看一个“利”字，要踏踏实实。

公司的第二次转机，是在1999年，银行可以做商业按揭了。不少经销商没有抓住机遇，我吃了头口水，做了几笔很成功的生意。这一年卖了一千五百多辆车，营业额也从四千万元做到了一亿二千万元，经营上也以高档车为主了。不过，这也意味着我的身边始终伴随着高风险。

2003年9月，我从海关进了九十多台高档车，高的五百万元，低的三百万元，最差的也要五十万元。就在这时，国家公布要提高银行准备金一个百分点。我很敏感，宏观上一收，房贷、车贷肯定要控制，高档车市场就面临冲击。事实证明我的预测是准的，原来一个月平均可销一百辆高档车，那个月五十辆都销不到，手上一下子压了九十多台高档进口车。

怎么办？唯一的出路就是“逃”！

杭州的高档车市场肯定是撬不动了，我想到了相对偏远的东三省。那里的汽车市场还没有形成规模，也从未有过成气候的大型车展，消费的欲望远远没有被激发出来。

2003年11月，我在哈尔滨策划了一个车展，场面相当大。那两天我正好飞深圳，下了飞机拿到《深圳晚报》，头版就是哈尔滨车展的消息。这一次“大出逃”还算成功，十一天卖了四十四台高档车，营业额六千八百多万。

第二次车展是在长沙，卖了十四台，加上在杭州卖出的，这九十几台高档车我总算是“解套”了。现在大厅里还有几台法拉利、兰博基尼，我不急。人家走进来看看，就算是给我压压阵，提高门店档次。哪怕两年折旧一百万，就算是广告费了。

2003年，营业额做到了七个多亿。我想，要是把经营权交给下面，我整天遛遛狗，打打高尔夫球，也可以过日子。但现在停不下来了，我要操心这两百多人的公司。

这就是我的故事，没有戏剧化的峰回路转，永远都是在“逃”。我知道，只要还在商海中“搏”，困境总是难免的。我要做的，就是要带大家“逃”——逃出困境，才有一个更好的明天。

（讲述者吴端平，原杭州众诚汽车公司董事长、经理）

【评点】

只要还有一口气，就继续战斗，继续呼吸，一直呼吸。

——《荒野猎人》

生活是一场战斗。这个故事会让人想起海明威笔下的《老人与海》。海明威说过，生活总是让我们遍体鳞伤，但到后来，那些受伤的地方一定会变成我们最强壮的力量。生活是一场战斗，并不是为了最终争个胜负出来，而是经历整个过程才是意义本身。对于生活的勇者来说，生活本身，就是意义。

保洁工也有春天

口述：张玉兴（健身中心保洁员）　整理：张晓飞

我在这个健身中心干到第四个年头了。

健身中心嘛，就是清洁器材、搞搞卫生，每天早上八点，到夜里十点，干十四个小时，每月工资四千元。

要是肯下夜，晚上住在店里，防止水管泵裂火灾盗窃的，还能多挣一千多。更现实的好处，是不用在外租房子，这能省下一笔房钱。来回一算，相当于一个月多出来两千来块。

不过，住处也就能放下一张床，烧火做饭，都没条件。健身房又是个地下室，空气不太流通。

我下过一阵子夜，后来老家有事，回去了一阵子，让给个工友，回来后看他干得好好的，就没提这茬儿。再往后，就不下夜，只干白天了。

我腰也不大好，打年轻时干木匠、干电焊、开车、粉煤面、炼铁，干过不少活，落下个腰间盘突出，长期住那地下，估计也不是个事儿，工友能有个住处还能省下一笔房钱，我心里倒也乐意。

这个活说起来不算苦累脏，就是时间消磨得厉害，不过这把岁数了，也没啥文凭和头脑，可能也就适合干个这。里面冬夏都开空调，风不吹雨不淋，受不着啥大罪。

老了，图个安稳吧。

我2012年来的杭州。原来在老家最后一个事儿，是自己有个小厂子，做集装箱木托盘和包装纸箱，给矿上的大磁材厂做外包，算是个小厂长。

2001年我儿子考上大学前后，干了十来年，供出来儿子上大学、成家，虽说家里没啥家境，却没亏过儿子一分钱花销，只比别人花得多，不比别的孩子花得少。

我的观念，是从来不能让孩子在外面遭了罪、手上缺了钱花，人要是缺了钱，活得气短，容易动歪脑筋走邪路。

算下来，从2001到2010年那十年，矿上效益好，煤、铁价格都高，我这生意也维持得还行。后来国家限产能、抓环保，大厂效益就一天不如一天。到了2012年，整个大厂快黄了，我这外包也就做不成了。

那几年，我大概挣了六十来万，儿子买房给了三十万，买车给了六万，他丈人家也给了六万。其他也就是刚好这些年的开销。

2011年儿子生了闺女，他妈帮忙看孩子，女儿也考大学考到了杭州，我也就动了念头来杭州。可咱这一没人脉，二没生意脑筋，一直干些笨重活儿，没个社保和养老，来了也是两眼茫然。装修、电焊、开快车，很多活都试过，也都没干长。

又说在社区物业干个保安，可我低不下来那头。原来一直自己干个体，一辈子自由惯了，没打卡点卯正经上过班。让我坐个岗亭、点头哈腰，我做不了。后来又说在社区物业里干个保洁，更是拉不下脸。中间回过老家几趟，跟着我这一代的兄弟们去昌平开出租车，挣得不算少，一个人在外头也经不住花，手上剩不下个钱。

在昌平开出租车的时候，擦碰了人家一回车，人家都是地头蛇，跟我要了七八千。加上我好喝个酒，也就没了再干的心思，就又到了杭州。

到了心里又安不下，四处联系人打听事儿，看上个高速公路绿化的项目。儿子跟我吵了一架，我说是同学给介绍的一个生意，高速公路中间那隔离带绿化的一个投标。我是我们村的第一个高中生，同学里有些成了事儿的，干下来能挣个四百来万。

我儿子就生气地问我："有这好事，你二十年不联系的同学咋就能想到给你干，县里的领导咋就不知道这个好事，咋就能轮到你掉在你头上了。那树种下去，能成活了吗？启动的资金你从哪里来？别说启动资金，你连个投标的保证金也交不起，咋就能想上这事儿？"

儿子说："你这一辈子这头脑，干啥生意就是想挣钱从来不琢磨风险。你已经五十岁了，再晃荡上五年，人生哪还有那么多五年？你耗不起了。安安稳稳在这里，随便干个啥就行了，不图你挣钱，三百五百的，不挣一分闲着也行，我也不是不养活你。只要一家人团团圆圆安安稳稳，比啥不强？”

我心里也着急，也是不甘心，想着这辈子搏这一把，可儿子考虑的，确实也是不错。

最后没办法，低下头弯下腰，在物业干了一阵子保洁，终归心里是接受不了。儿子在社区里住着，每天抛头露面，我也嫌给儿子坷碜。我一边干着一边就继续琢磨营生。最后就看上这健身中心。好歹是每天不用在外头大太阳天暴晒，进去那里头谁也不认得，也就干下来了。

儿子结婚那几年，我精神上感觉办了大事，人放松下来，就经常玩两把，赌博输了不少钱。欠的是进货的木头板子、纸板子的老板的钱，我不愿意欠人家钱，老老实实还了好多年，直到这2019年才还完，这一算整整又是十年。

我有时候也琢磨，其实就算是你一身轻，风风光光来了这个城市，又能有多少机会呢。人这一辈子，还得说是个积累，人脉也好、资源也算、钱财也罢，你蓄起来难，一步路走错，再掉头回来就难了。人生这路，也是这样。

我还完那些欠的债，手上最后剩下一万八。快六十了，一辈子的积蓄。

年初股票很好，我儿子说这笔钱给我买个股吧，八块一毛七，我赌了一辈子，这次也没敢。存在银行里了。有一会儿那个股十八块钱，我心里有些不甘心，倒也没多少懊悔。

我现在每天早上送了孙女去上学，然后八点到健身房开始这一天。我儿女双全、有吃有穿，儿子也生了老二，是个孙子。我闺女也成了家，生了个儿子。这一辈子活成这样，我心里也是接受了、坦荡了。

我理解了儿子说的："一家人团团圆圆在一起安安稳稳，比啥都强。"

活了一辈子，该咋过日子，倒反过来是儿子教了老子。

【评点】

明天，又将是美好的一天。

——《乱世佳人》

太阳每一天都是新的，日子每一天也是新的。平平淡淡的生活里，能开出人间的花朵。本文的主人公，现在是健身中心保洁员，但他起起伏伏几十年，打拼过、辉煌过，也沉寂过、落寞过。现在过的日子，归于平淡，归于安宁。可以说，这就是凡俗的生活里开出的花朵。年轻时，每一天都有值得热爱的事情可以去做；年纪大了，每一天都有你爱的家人在身边。这是多大的幸福。

废品站淘金

李晋

2000年，我读高二。

放暑假的时候，帮着母亲打扫屋子，把整理出的废品用扎带绑好，拿到家门口的废品收购站去卖。在废品站正好碰见邻居大哥石太生，他正在一堆旧书中挑挑拣拣。

我问他在做什么，他说废品站的旧书卖两元钱一斤，想挑些喜欢的书回去看看。我一听便很感兴趣，也上前挑了起来，挑到一本《颜真卿书多宝塔》字帖。再看石大哥，他已收获颇丰。结账时，石大哥买了两斤半的书，合计五元钱。而我那本《颜真卿书多宝塔》只花了1元钱。

这以后，但凡没事，我就来废品站转悠，称一些书回去。相对书店而言，废品站的书太便宜了。买回去的书，我会先用抹布擦干净，然后在阳光下晒几天，做完“消毒”处理后再看。

不断的阅读让我对写作产生了兴趣，我开始尝试写散文、写诗歌，自娱自乐。

有一天，我在废品站找到十多本连环画，都是二十世纪六十年代的，扉页盖着“某某轧钢厂图书室”的红印。每一本品相都很好，我看着很喜欢，就拿去给废品站的人称重。废品站的人拿在手中看了看，说小画书不称，一元钱一本。我数了一下，一共十八本，应该是十八元，可我只带了十五元钱。我就和废品站的人磨了又磨，最终他同意把连环画卖给我。我找了一个塑料袋，装着这用半个月零花钱换来的连环画，兴高采烈地回到了家。

买了连环画不久，有一天早晨，我去花鸟市场玩，看到市场里有一家新开的旧书店。进去转了转，看到柜台里有一本本用塑料膜封好的连环画。我和店家攀谈起来：“这连环画我也有呢。”店家一听，来了兴趣，眯着眼笑嘻嘻地说：“我也收的，有时间带过来看看。”我答应了他，下午就把连环画带给他看。这一看，他就没有松手，想按五元一本回收，我想想也能挣个一百多元，就把连环画卖给了他。

我拿着钱刚出店门没多久，刚才在一旁观看的中年人悄悄告诉我，说我被“宰”了。“你卖亏啦，那本《揭投降派宋江》至少能卖一百块！”我一听，有些失落，但想想能挣钱还是不错的。

后来我常去废品站，花很少的钱淘到过名家字画、清代古籍、民国地图册等物件。再看到那些连环画时，也会有意识地把它们留下来。现在家里近二百本连环画和其他一些藏品，大多都是那几年在废品站淘来的。

随着我到外地上大学，废品站“淘宝”的经历也告一段落，但那次挣钱的经历却让我铭记。正是这“第一桶金”，让我培养起写作和收藏的爱好，这才是伴随我一生的精神财富。

【评点】

今天的好计划胜过明天的完美计划。

——《摇尾狗》

在废品收购站里捡到了“宝贝”，这“宝贝”既是旧书，也是一种珍惜旧物的观念，更是一种精神财富。旧书培养了作者写作和收藏的爱好，激励作者不断前行，文章迭出。对于有心人来说，从来没有什么东西是废品，只有放错了地方的宝贝。对于踏上社会的年轻人来说，没有什么是规划好的人生蓝图，只有踏踏实实，一步一步向前走。珍惜每一天的价值，把握每一次碰到的机遇，自然而然，会得到幸运之神的垂青。

电瓶车全速前行

王力

我的第一份工作称不上“体面”。

那是2012年的事了。大学的一个下午，我无精打采地坐在寝室中，犹如一棵过期的白菜，眼前的每一个物品好像都写着“无聊”两个字。同一屋的室友有的在打游戏，有的在图书室潜心学习，总之他们都有事可做。

“去找点事情做吧！”于是我起身推门出去。

可以说这份工作是一种拯救，拯救的是当时极度无聊的生活。

我的第一份工作是在“必胜客宅急送”送外卖。冬天迎着漫天风雪前行，夏天顶着毒辣太阳奔波，时而瑟瑟发抖，时而大汗淋漓。倘若时间紧迫，则必须在街上玩命般地冲刺，经常搞得自己很是狼狈。

每个外卖员都配有一辆电瓶车，我的那辆电瓶车一定经历过灾难，挡泥板是裂的，车把歪向一边，坐垫上满是大大小小的破洞。

初入岗位时，店长给我安排了一位老员工作为带我入门的老师，那是一位与我母亲年龄相仿的阿姨。她外出送货时，我就骑着电瓶车跟在她后面。当她将外卖交到客人手中时，我就在一旁学习必要的礼仪与结账方式。

那位阿姨永远穿着一身洗得发白的衣裳，有一天我跟着她送货经过她的住所，那是一间不到十平方米的传达室。她说这个地方是她的第二份工作，对她来说要待在这个城市，只做一份工作是远远不行的。

跟阿姨送货两三次之后，我便独自上路了。我坐在电瓶车上，穿过瓢泼大雨，穿过呼啸狂风，穿过漫天飞雪，从白昼中驶出，接着驶进黑夜里头。我总是将速度调到最大码，让电瓶车全速前行，唯有这样才能保证在客户指定时间内将外卖送达。

自从我跨上电瓶车，这个城市的大街小巷仿佛一下子跟我熟了起来，骑到每条街每个路口看见的每块路牌，就像是它身后的那条路对我打的每一声招呼。

工作不久我就发觉自己是喜爱这门行当的，觉得毕业后从事这门行当也不是件坏事。毕竟干这个可以走更长的路，见更多的人，自己的人生也得到了扩展，其间也不乏有很多值得回味的经历。

有一次在电梯里碰到一个人，他看看我手中拎着的塑料袋，满脸好奇地问："像这样送上一单能够挣多少提成？"当我说出的数字只是个位数时，能清楚地看到那人脸上浮现出的不屑。好像在问我：你们平时累死累活就为了这点钱，值吗？

他的细微举动也以小见大地折射出了当今社会对于外卖员这个群体的真实看法。对方一定不知道我不是为了钱才来的，所以他的话在我心里没有激起任何波澜。倘若其他人听到这句话，那么挣到这一单提成的喜悦也就荡然无存了吧。我突然觉得这样盛气凌人的样子真的很丑陋。

像这样的经历只是少数，大多数订单仅限于送达、结账、离开。毕竟生活中让人印象深刻的人和事只是少数，总体上就像白开水那般平淡，每天拼尽全力为的只是维系这白开水般平淡的生活得以周而复始。

没有安排到订单的时候，我就和其他员工一起坐在店门口的台阶上，望着对面马路上来来往往的车辆发呆，那个时候的我们就跟蔫掉的庄稼一样横七竖八排列着。只有安排到订单，我们才会精神振奋。经常有宝马车从视线中经过，车身反射着炫目的光芒。

我曾经开玩笑地问旁边一位中年男子，是否想过自己有朝一日也能拥有它们。那位中年男子想都没想就赶紧摇摇头，摇晃的脑袋是对自己人生定局的无奈和妥协。

那位中年男子对我很是照顾，当我有送货路线搞不清楚时，他就耐心地在地图上给我比画一番，每当我工作上犯了错误，他也会向店长解释，总之给了我不少帮助。时间久了我们熟络起来，我便喊他“师父”。

工作第一个月，我就被店里评为“绩效王”，客户一致认为我送的外卖很守时，中途也从没有发生过损坏的情况。我骑着电瓶车飞奔了足足大半年，从2012年的盛夏冲进寒冬，接着又迎来2013年的春暖花开。

人生中的第一桶金，就是在这样飞奔中诞生的，大概两万元钱。我站在ATM机前，看到自己银行卡里多了一大串数字，就跟变戏法似的。

在必胜客宅急送工作的最后一个晚上，收工后我提出请师父吃夜宵，却被他婉拒了。我只好买了几听啤酒，拉着他到单位后面的巷子里。我们喝得满脸通红，他掏出手机，说给我看一段他很喜欢的话：“你可以开着跑车，可以开着普通汽车，可以骑着摩托车，也可以骑着电瓶车，甚至可以走路，但必须做到的是全速前行。因为你周围的别人都在这么做，你头顶的时代也在这么做，如果你停下来，那一定会落在后面，被抛弃，被遗忘。”

“小伙子，以后更要加油啊！”分别时他像以往那样拍着我的肩膀说道。

虽与他已多年未见，或许他已经离开这个城市，但分别时他对我说的话还时常在我耳畔响起，他的身影常常浮现在我脑海里，给当下的我注入全速前行的动力。

那些年我骑着电瓶车，在全速前行中走过了很长的路，一直到达今天。

所以，哪怕骑着一辆破旧的电瓶车，照样可以全速前进。

【评点】

你需要去相信，生命中有些特别的东西，是可能存在的。

——《美丽心灵》

人生中的第一份工作，可能普普通通，乏善可陈，有时候还很艰辛。但是那有什么关系呢？每一份工作都是一种历练，都是一种学习。重要的是，如何对待一份工作，如何把自己手头的工作做到完美，获得经验，铺就自我成长的阶石。如果工作没有目标，那就不是工作，而是混日子，是没有意义的。干任何一份工作，都要有一个目标，都要努力去达到完美，那才是真正的收获。须知，进一寸有一寸的欢喜。

3. 那年的白月光

卖红酒的差等生

张晓飞

2001年，我高中毕业，只身南下来到杭州求学。

大学开学不久，我就在校园的海报栏里找事做。国庆期间找到一份卖红酒的兼职，负责往饭店、酒吧和超市推销红酒，以及铺货和收款。底薪三百八，主要是跑夜场和周末，一瓶酒提成十元。

公司的周主管带我入了行，他带着我跑一间间酒吧、饭店和超市，教会我怎么跟形形色色的人打交道，怎么把自己家的货摆在顾客一眼能瞅到的位置，也教会了我喝酒和抽烟。圣诞或元旦的时候，骑着自行车带我去小商品市场买圣诞树、中国结，送给店家作为小礼品，烘托节日的气氛。

周主管有一个好看的女朋友，周末的时候，他会请我去他俩的住处吃顿饭。我们在外面吃了很多苦，受了很多冷眼，这个贫瘠的小窝是一处温暖的港湾。显然他也没有什么社会资源和地位，赚的钱也不多，但是我傻傻地跟着他，他的女朋友也傻傻地跟着他，因此我觉得他是一个幸福的人。那时候人与人的感情，好清澈、好温暖、好简单。

最难熬的是雨天，自行车后座的纸箱子淋得湿透了，酒瓶子就会从箱子里掉落。

通常店里的酒卖完后老板才会付我货款，卖不完就一直放在店里，直到卖完为止。我的酒不打广告，我跟服务员说，你们给客人推荐我的酒，开了红酒的木塞子留下来，下次来的时候我给你结算，每个塞子付你五块钱。虽然我一瓶酒少赚了五块钱，但酒比之前卖得多了，甚至有几回超过了周主管。

我赚了一些钱，买了一部手机，在我们班里是头一个。我开始懂得：把利润分享给别人，才能更快更多地赚到钱。

大一寒假结束，我决定放弃卖酒，好好继续学业。

临回校的那个傍晚，公司陈总对我说："你是个干业务的好苗子，可惜还得上学。将来想要挣钱了随时回来，给你底薪开八百。"又转头对同事说，"再拉上两箱酒把他送回学校，"并塞给周主管一些钱，让大家请我在学校门口的好饭店吃顿饭。

我们找了一家火锅店，开完十二瓶酒，一顿喝完，一别两散。后来我受过很多挫折，总会想起那天傍晚的聚餐。

要说卖红酒有什么收入或经验上的所得，我觉得都是其次的。

临回校的最后一个周末，公司空无一人。我在办公室值班盘点，忙完后，我拿起传真机上的听筒，声音颤抖地给我高中第一天就开始暗恋的女同学打了一个电话。

大一的这半年间我们常常联络，但我从来不曾表达过自己的感情，我怕我不配，怕被拒绝，怕失去。可是卖红酒的这段经历，让我懂得有些东西只要你多主动一点、多争取一点、多尝试一点，多半是有机会的。即使你努力了没有得到想要的结果，起码对方知道了。而那些你想要的本来就不属于你，自然也谈不上失去，所以没有什么可怕的。

于是我在传真机的听筒里严肃而庄重地对她说："我决定回学校了，以后就不来这里卖酒了。有一件事我想让你知道，我喜欢了你很多年。"

电话那头沉默着，我听见听筒里的呼吸一点点急促起来，我感觉她可能就要开始骂我了。我的心怦怦跳，千言万语往上涌，再多说不出一个字来，只能对她说："你不要说话，我说的你听到、明白就好了。"急急挂上电话，我跨上自行车，疾驰而去。风迎面吹来，满是自由的气息和勇敢的力量。

如今，我们携手走过了人生的大半时光。

如果说这十几年我心里有什么遗憾，那便是我曾让她跟我吃了很多苦，尽管我对生活始终那么用心，那么努力。

我们在高一开学的第一天就认识，一起读书，一起在这个陌生的城市里打拼。青春年少时，我们曾许多次坐二十四小时的硬座往返山西和杭州之间；后来我们的"家底"越来越厚，每一次搬家时，我们把电动车装得比汽车装得还多，并行骑在路上，像两个逃难的傻瓜。结婚时她在淘宝用八十块钱买的婚纱，她说就是一次性走个过场，我们不要浪费铺张；买了房子之后我们家徒四壁，买不起空调、电视和沙发，每个月发了工资就添置一点；在产房里受难、为我生下一女一儿，高中时在四百米跑道上总是在最末尾的她，抱着生病时的孩子在医院里飞奔……

想到这些，我常常难过地流下泪来。

如果有一天有人问我："你的第一桶金及全部财富是什么？"

我会告诉他："我的第一桶金就是她，我的全部财富也是她。"

【评点】

我现在才知道，他能够开开心心在外面走来走去的，是因为他知道始终有着一个地方等着他！

——《春光乍泄》

生活就是这样，只要付出了就会有回报。不是在这里回报你，就在那里回报你。这样的话说起来简简单单，也有"心灵鸡汤"的嫌疑，但是经历过世事之后，就会发现的确如此。所有的努力都会有回报，浮躁的人会缺乏耐心，只是因为等不到那个回报到来就已经放弃了；另一些人则是因为种种原因"看不见"那个回报，这是另一种心灵的遮蔽。事实上，一起努力就好——

“多主动一点、多争取一点、多尝试一点，多半是有机会的。即使你努力了没有得到想要的结果，起码对方知道了。而那些你想要的本来就不属于你，自然也谈不上失去，所以没有什么可怕的。”

四百块的羞辱

林飞

我大专学的是模具设计专业。2008年初，最后半年实习，我做完了我的毕业设计和答辩。班主任提前把散伙饭给吃了。也就是说，学校只差我一个毕业证。

班主任是北方汉子，他喝多了酒，大着舌头跟我们说："你们都是人才，都是人才。"

反反复复，他说了很多遍，神奇的是，我们居然都信了，喝的比他还多。

温州初春的夜晚，天还很冷，我们的心是热的。仿佛这酒一喝，就跟结婚的拜堂酒一样，哥们就长大成人了。顾盼间所有人的眼睛里好像都冒着光，那是希望与期待的光。

后来有人喝多了哭了。我没有太多不舍。模具设计班没有一个女同学，对年轻的我来说，这里不值得留恋。外面天大地大，我要来了。

学校旁边有一个劳动人才市场，我和同学们拿着精心制作的简历游走在各个招聘摊位前。他们陆续找到了自己看上的地方。在宿舍，看他们打包收拾东西，我感受到离别的气氛。我想我也该下决心去一家公司了，不然最后一个走出宿舍，总感觉有点孤单。

这天，我根据招聘会信息，去了一家模具厂，那是温州当地精密模具行业数一数二的厂。老板温州人，瘦瘦的，四十多岁，一脸严谨，配合温州人特有的腔调，看起来是一个成功的企业家。

我如愿进入这家公司，实习期一个月。一个月后，老板会看表现再谈薪资。

实习期一个月四百块，吃饭可以蒸饭，菜呢，食堂阿姨会烧，一顿菜三五块，非常实惠。我给老妈打了个电话，让她寄了八百块生活费给我，然后我就安心在工厂住下了。

老板给我安排了一个模具制作的领班，当我师父。我很开心。工作之路终于开始了。师父第一天就拿了模具铁块，标定好位置，让我钻孔。我知道这是装螺丝、固定杆什么的。这一钻就是一个月。

公司大楼分两层，一楼是各种加工线，线切割、磨床、车床、数控车床、铣床。二楼是设计师的地方，三个设计师，一个秘书，还有一个老师傅。那是我最初在学校里想去的地方。可是我在给模具钻孔的这个位置上，再没有挪过脚，好像我就是为钻孔而生的。

公司被老板管理得井井有条。订单、设计、制作，每一个环节自动运转着，无比自然。只有握着旋转钻头的我，心是死的。

这天，老板跟我聊了一会。老板说："小林啊，经过这一个月观察，我发现你聪明，悟性高，东西做得也好，你师父非常满意。这样吧，我跟你签两年的学徒协议。第一年，八百块一个月，第二年一千二百一个月。当然，表现优秀，工资可以再谈。"

学徒协议？天哪，不是工作协议吗？

八百块一个月，摧毁我所有幻想，开什么玩笑！2008年啊，老板你清醒一点，这是2008年了，我妈开春在家采茶叶一天挣三百块钱呢。

我脱口而出：这点工资我活不了。

老板没有太多表情。他说："小林啊，你刚毕业，我理解你，你要不再考虑考虑，跟家里商量商量。"

我没有考虑，直接说，老板我这月做满我就走了。

值得一提的是，我在工作期间，有次去买零食和四块一包的黄果树香烟，在那条小路上我掉了五十块钱。我坐在宿舍床上抽了两根烟，仔细地算了算，五十块钱是我钻孔将近四天换来的血汗钱。

我冒着春天的小雨，在那条两百米左右的小路上来来回回走了不下七八遍，看过每一块石头，看过每一张纸片，看过每一个不可能塞下东西的缝隙。

没有，没有，什么都没有。什么前途什么希望，连属于我的五十块钱都没有，都离我飘散而去。

我站在南方的小雨里不知所措。

距离我离开还有七天。时间过得很慢。我没有想好我要做什么。我机械地给模具钻着孔，看着铁块被钻开，看着铁屑顺着刀具蜿蜒而出，长远的考虑已经没有，亢奋的神经不到一个月留下的是一头混乱。

我无法思考，就这样做完眼前的活，跟短暂的工友道别。我拿着老板特批的四百块工资，背上自己的背包，回到了自己的老家。

那四百块钱，对于当时的我没有起到一点安慰，只觉得是羞辱。赤裸裸的羞辱。整一个月，只有老板说的“小林啊，你刚毕业我理解你的心情”这句话给我一点点的安慰。他的这句话，和我回到老家时母亲什么都没有说，至今想来是我最大的人生收获。

是的，那时我只想静一静。我跟着母亲去山上采茶，去地里种菜，去给家里的鸡和猪喂食，听着母亲说她们以前的生活。母亲说，她拉着手推车，走三十公里路，卖一车西瓜，赚五块钱。当年那样艰苦，他们一路也走了过来。

当年有本杂志叫《商界》，我每期都买，我看杂志上的人物，看他们的事迹，成功或者不成功背后的道路。慢慢地，随着时间的推移，我卸下包袱，又开始有了新的想法，我得走出去。

年轻的心毕竟还是充满活力的。只是再出来，我少了一份傲娇的期待，多了一份争取的心。

我时常想起自己又一次去找工作的场景。多年之后，我仿佛看到那个满脸稚气的少年，跟面试他的经理说，你可以让我试一试。

经理用了半年的时间，知道他招了一个了不得的业务员。

【评点】

任何不能杀了我的只会令我更强。

——《少年汉尼拔》

四百块钱是羞辱，更是财富。这个故事里的小林，第一份实习工作的薪水少得可怜，让他觉得是一种羞辱。这种羞辱让他沉静，也让他更踏实地面对生活。你现在所受的任何痛苦悲伤，日后都会化作你最坚实的力量。真的勇士，敢于直面惨淡的人生。世界上只有一种真正的英雄主义，那就是在认清生活的本质后，依然能够热爱生活。正是因为经历过那些事物，让你积蓄更多的力量，有朝一日迸发出来。到这个时候，你真正可以云淡风轻地说："所有的经历，都是人生的财富。"

那年的白月光

鲁海燕

1997年，我正要升初三，备考高中。母亲不止一次表达过自己的想法，弟弟成绩好，升学没有问题，若要供我们两个人读高中，家里是万万供不起的。于是，那年的夏天我开始忧伤。

为自己的学费忧伤，为自己的前途忧伤。母亲虽然跟班主任表示过，只要我考得好，会供我读书，但家里仅靠父亲一人在砖瓦厂的工资维持，已经捉襟见肘。

我开始想着如何挣钱的事。

那时候流行打零工，“双抢”时节，人手是非常重要的。母亲也会被雇主叫去帮忙，一天能赚二十元钱，于是我也开始加入了打零工的行列。帮人捧“稻把”，一天下来也有十五元钱，捧着这些钱，我高兴得乐开了花。

于是，我更加专注于双抢这件事，跟着母亲学会了割稻子、捧稻把、筛谷子等，对“割稻子”的工序掌握得非常娴熟，甚至能拉平板车，弟弟直呼我是个大力士，邻居也称我是干农活的一把好手。

九月，我如愿升入初三。十月国庆节放假回家，正值收割二季稻。邻居大娘找到我家，她家儿女都在外面务工，独自一人无法完成“割稻子”这件事，希望承包给我们，由我们一家负责割稻并运送回家，价格可以商量。

听了张大娘的话，我欢快地替母亲应承下来。后来，我们以八十元的价格承包了这块田的收割工作。第二天，我们分工，我和母亲早早地起床去割稻子，父亲继续去上班，弟弟在家负责煮饭和晒稻谷等事务。

十月的风吹到身上还是微凉的，我套了件外套就和母亲一起出发了。

那天，我和母亲在稻田聊天，母亲问我：“有没有觉得很讨厌生在我们这样的人家？别人家的姑娘都是娇生惯养的，你还得出来卖力气挣钱。”

我哈哈大笑：“才不会呢，我喜欢干活的。”

没想到母亲一本正经地敲我的头：“你可得给我好好读书，否则一辈子都得干农活，没有出头之日。”

母亲大字不识一个，竟然跟我讲起了人生哲理。我第一次觉得流的每一滴汗都是值得的，都是欢快的。母亲又讲起我们姐弟两个：“你们都是我的骄傲，学习从来不用我操心，希望你们两个都能考出去，以后呢，我也可以享福，不用下田了。”

那时天还没亮，我直起身子擦了擦汗，发现月亮还悬在空中，月光如水照耀在我和母亲身上，一片美好。

下午四点，我和母亲完成了收割任务。我拉着一车的稻子，母亲在后面帮忙推车，好像都有使不完的劲。晚上，张大娘还烧了一顿丰盛的晚餐给我们吃。当接过八十元钱时，我按捺不住地开心，把几张纸币看了一遍又一遍，折起来放在席子底下，压得平平整整。

那天晚上，母亲同意拿出其中的二十元买些花布，让张大娘的女儿给我做一条碎花裙。那是我一生中最漂亮的一条裙子，大大的裙摆，穿着转一个圈，整个人都会飞扬起来。

余下六十元，我把其中五十元交给了母亲，用另外的十元钱买了一双我梦寐以求的白色布鞋。当手捧那白色布鞋时，我忍不住亲了亲，虽然散发着橡胶味，在我闻着却是一股清香。从此以后，我也可以穿着绣花的平底布鞋走路了。

我永远记得那天的辰光，以及母亲弯腰割稻时坚毅的脸庞。从那刻起，我想我不应该放弃任何一个上进的机会，不荒废时光，牢牢记住母亲的话："好好读书。"

这八十块算得上是我人生中挣得的第一笔钱，它不但给了我快乐，更让我有了前行的力量。

【评点】

希望是美好的，也许是人间至善，而美好的事物永不消逝。

——《肖申克的救赎》

为什么美好的事物永不消逝？哪怕是曾经历经艰辛，哪怕是曾经受苦受难，有朝一日回忆起来时，却是那样云淡风轻。甚至，虽然带着一些感怀，但终究还是美好的。原因只是：你带着一颗平和的心，带着努力生活的勇气，打开了自己的一片天空。

努力生活的勇气，能使生活充满希望。这种希望，也使得每一个艰辛的日子都变得有了奔头，也从不畏惧。因为有了一颗勇于生活的心，你就知道，这些经历是短暂的，也是珍贵的，而美好的事物，永不消逝。

倒爷

口述：石燕春（国企职工）　采访：张晓飞

1999年，我考上了大学。在那个年代，每个学生最头疼的事就是一张过年回家的火车票。那时候没有买票网站或手机APP，买票要去火车站窗口或代售点，通宵排队都不一定买得到。

我从黄河以北跑到长江以南，几乎跨越了大半个中国。那时连接山西和杭州的，只有一列1584次绿皮火车，上午十点出发，到第二天上午十点到达，一天一夜。

大一寒假，我和同学提前十二天去铁路售票点排队买票。一连几天，忍着严寒漏夜排队，每次售票口的小窗一打开，里面的大姐总会丢出一句："没票啦！"那声音听上去真是比天气还冷。

回家的日子只能往后一推再推，最后要么幸运地抢到一张站票，要么花高价从黄牛手上买票。

大一大二都是这样，仗着年轻身体好，一路站过去不成问题，找淳朴憨厚或口若悬河的乘客吹吹牛，帮柔弱的姑娘搬搬行李，找地方蹭蹭座，一路上倒也充实。“啤酒饮料矿泉水、香烟瓜子八宝粥”的叫卖声，在人烟滚滚中浮沉。

转眼到了大三，我成为一名标准的学生干部，团队有四五十个干事，管理和服务着全校一百多个社团，我们在学校有了自己的办公地点——“学生之家”。

上学期，在紧张的期末复习阶段，我跟吴俊待在“学生之家”吹牛。吴俊是学校勤工俭学中心的主席，办公室就在我们隔壁。他是那种学习差、能力强，长得丑、嘴巴甜的早慧型学生干部，最重要的是——执行力超强。

那天我们聊到过年回家，顺着又聊到了老话题——火车票。当时，有些学校的学生会已经有组织地在帮同学们买车票了。这是学生的迫切需求，如果能以校团委的名义和火车站沟通，团购火车票，每张票象征性地收一点手续费，不仅可以解决这一难题，还可能有一笔收入，两全其美啊。执行力超强的吴俊当即决定——干！

我们迅速写了一封联系函，去校团委盖了公章，然后骑车一个小时去火车站。车站售票处的大姐一看有大学的公章，表示可以给我们开专窗打印车票。渠道搞定！

回到学校，我们立即组织了不同学院的五六个兄弟，在“学生之家”门口贴出告示，摆开摊子收票钱、收学生证、登记购票信息，短短几天，学生之家门口就排起了一条长龙。客源搞定！

我揣着兄弟们收上来的数万元票款，故作轻松地坐上3路公交车，到车站找那位大姐。到了车站，大姐直接把我带进了售票室，把小窗关上，按照我抄在纸上的购票信息打印车票，一会儿工夫，一沓厚厚的现金就换回了一沓厚厚的车票。车票搞定！

揣着票回到学校，几个兄弟又是一阵忙乱，把车票发下去。我站在“学生之家”门口，嘴角挂着满足的笑，心里想着过年的时候应该能挣到很多钱，可以带女友去商场买件新衣服。

那段时间，我们几个兄弟内心充满了创业的激情，一边做好事一边还能赚到钱，美好的事业不过如此吧。

然而由于毫无经验，管理的混乱可想而知，要么车票丢失，要么钱票不符，现场几度失控。转眼忙活了半个多月，随着期末考试的临近，我们决定停止服务，腾出一周来进行期末复习。

“学生之家”终于安静下来了，我们一边复习一边盘点，后来吴俊用沉重的语气告诉我：“春，我们管理出了问题，钱怎么都对不上数。除了给兄弟们的辛苦费，我们两个合伙人大概每人只能分三百块。”

这么好的创意、这么高效的组织、几千张票的规模，最后只落得每人三百元，我俩心里都不是滋味。分析了所有可能的原因，也怀疑过谁枉拿了票款，但最终还是推翻了所有不好的猜测，把原因归结为管理不当，只好当作给第一次尝试交了学费。

期末考试结束，我揣着三百块，牵着女友的手，去了小商品市场，心中的承诺总是要兑现的。经过一番挑选，就在我们准备付钱走人的时候，手机响了。电话里，吴俊用更沉重的语气告诉我：“春，有几个人来取票，我们没票了，只能退钱。”

“多少钱？”

“六百块！”

我默默地挂了电话，给服装店老板付了三百块钱，牵着女友的手回到学校，目送她上楼，然后转身去三号楼下面的取款机取了最后的三百块。

这就是我第一次尝试赚钱的经历。

若干年后，曾经热火朝天、轰轰烈烈的小伙伴们各自追梦，分头走散。有的去了重庆，有的回了老家，有的留在杭州。我也留在了杭州，做一份安安稳稳的工作。还在杭州的几个兄弟偶尔聚聚喝喝酒，远方的几个，别时容易再见难。

聚时一团火，散则满天星，我们此后再也没能热闹地聚一起。去折腾，去拼搏，青春就这样呼啸而过。

【评点】

你现在所做的是改变现状的关键。

——《黑鹰降落》

去干点儿什么吧，不要让日子荒废着。只有在勇于尝试与实践中，人生的经验值才得以提升。青春的意义就是拼搏。年轻时候的折腾与拼搏，并不只是为了成功。比成功更重要的是努力。努力过，尝试过，奋斗过，拼搏过，青春就没有白过。你现在所做的，是改变现状的关键，这种改变总有一天会到来。也许就在明天，也许是在另一个明天。

网管

口述：王盛（保险从业人员）　采访：张晓飞

你见过每天下班后拎着两瓶啤酒就来网吧的幼儿园老师吗？

我的第一份工作是网管。跟很多人找第一份工作一样，一开始我以为网管很有意思，可以上网，可以赚钱，又比较轻松，真正应聘成功了才发现不是那么回事。要做的事情还是很多的，要做服务员、打扫卫生、组装电脑、修复硬件、定点重启服务器、洗烟灰缸、泡方便面、监督不法行为等。

网吧跟酒吧其实是一样的，是一个很复杂的地方。失业的、失恋的、庆祝的、炒股的、写作的、看电影的，什么人都有。这个世界上有多少种人，网吧里就有多少种人；这个世界上的人有多少故事，网吧里就有多少故事。

我总共在网吧干了几个月。当时有一个女生，她硬在网吧里赖了两个月，吃饭就每天叫外卖，想喝水了就叫一声“网管来瓶水”，困了就在椅子上睡，硬是两个月没出过门。

我在那个网吧比较惨，因为我们是不允许网管自己上网的，而且还不能一直坐着，你要尽量多地来回巡查。有人专门跑到网吧来偷东西；还有那种大半夜没事干了，想起来白天发生过什么矛盾，过来网吧把人带走的。

所以网管除了管理电脑之外，既充当服务员又充当保安，还要负责半夜给人家泡面，我的泡面技术就是在那个时候练成的。

其实挺无聊的，不过总体也不错。最烦的是每天早上七点钟开始洗烟灰缸，一百多个烟灰缸，我每天都洗得很烦。洗完之后就擦桌子扫地，然后重启服务器。

我做网管的那段时间，正好遇到汶川大地震的纪念日。那天所有网吧的电脑都是灰色的背景，记得吗？所有的娱乐场所都是不允许经营的。本来以为可以休息了，没想到还被老板安排吹机箱，要拿着很大的鼓风机一台一台吹。为了防止被偷内存条，我们那种机箱都是被锁起来的，像一个柜子，所以吹起来特别费劲。

虽然我是一名网管，其实电脑技术方面挺菜的，一般情况都是“重启”，这是答复顾客的标准话术。比较麻烦的情况就是键盘坏了，或者鼠标坏了，我就得去储藏室拿新的键盘和鼠标换上去。

那时我大学还没毕业，学的是数控技术。为什么会去网吧做网管呢？其实我一开始想做销售，但是一直没找到适合的销售岗位。

当时我的其他同学，基本上能被学校安排工作的都安排了。

班上的大多数同学都不是兰州市区的，而是下面县级市的，他们很多都去了江浙一带工作，还有一些回老家了，只有我是兰州市的。

有一次我跟我爸吵架，我就想走远点。回到宿舍，发现自己没带什么钱，我就想先干一份工作，存一点钱再走，于是就去做了网管，一直到我拿到毕业证。做网管最大的收获，就是见识了社会上原来有那么多形形色色的人，每个人有那么多酸甜苦辣。

拿到毕业证的第十天我就来到了杭州，我跟我爸说我一定要出去。我不想去北京，因为在电视上看到那些北漂挺苦的，也不想去深圳，因为我怕热。我就跟我爸说我要去南方，兰州到杭州要三十三个小时，我坐上火车就来了。

临走的前一天晚上，我跟我爸谈了很久。你别看我五大三粗的，小时候很听我爸的话，他在单位就特别爱管人，管我管得特别严。几点准时回家，几点做什么都要管，抽烟喝酒这些你想都不要想。可是人都是有叛逆期的，那时我就特别烦他，想走得远远的。现在我做销售，就是因为我爸说了一句话："你不适合做销售。"然后我就做了销售，最难的销售就是卖保险，我就偏偏选卖保险。

不管吃多少苦，我一定要成功。

【评点】

紧要关头不放弃，绝望就会变成希望。

——《王子变青蛙》

阿甘出生在美国的一个小镇子上，不幸的是，他一出生就患有先天弱智，智商只有七十五，他的妈妈鼓励他要坚强。上帝给了阿甘一双“飞毛腿”，还给了阿甘一个非常正直的大脑。别的孩子欺负他，捉弄他，好朋友珍妮只好对他说：“快跑，快！”于是他跑起来，一直跑一直跑，直到意外地闯进一所学校的球场。在那所学校，他因为能跑，被收进了橄榄球队，成为橄榄球队明星，有幸受到肯尼迪总统的接见……

有的人说，这个故事是个寓言。事实上，很多细节都真有其事。有人真的像阿甘一样跑下去，三次横穿美国。有媒体记者采访他，问他是怎么做到的，他说：“我就是不断把一只脚踩到另一只脚前面。如果累了，我就休息。如果饿了，我就吃东西。如果想上厕所，我就去上厕所。”所有伟大的事情都是由一点一滴的小小成功构成的。《士兵突击》中有个主人公叫许三多，他有一个信念“不抛弃，不放弃”，这一点与阿甘的精神相似。不放弃，跑下去，希望就在不远的地方。

人生初体验

朱慧玲

2002年的那个夏天，天气热得让我想变成水里的鱼。毕业季，我没能躲进水里，成了一条失业的鱼。

记得那时，我和同学一起跟随潮流，去省城的人才市场赶了一场热闹。像我们一样对未来一片迷茫的人到处都是，人山人海。晚上，我们能找到的所有廉价旅店都人满为患。因为囊中羞涩，亮堂的宾馆又不敢踏足。最后，在那个网络刚刚兴起的年代，我们走进了一间网吧，在网吧里委屈了一夜，省下了住宿的费用。

第二天，我们来到人才市场。尽管人才市场拥挤不堪，可汉语言专科的文凭却几乎无处可放，我精心准备的十几份简历，最后勉勉强强地被收去两份。一起来的同学，有一份都没送出去的呢。

此行最大的收获，是见识了自己在芸芸众生中的平凡与渺小，是该丢掉大学生骨子里的清高与自命不凡了。出了学校，找不到工作，谁都一样。

接下来是漫长的等待。不想回家，可城市里的生活，喝口水都要钱。于是，我们一起合计，找份临时工吧，管它钱多钱少，管它什么工种，只要能挣到生活费，都干。

很快，形象不错的几个女同学都把自己推销出去了，有做茶楼服务台的，也有帮人看店的。男同学就不那么幸运了。记得有一位男同学，去了衢州马站底的一家粥店，店里粥的品种很多，有猪肝粥、皮蛋瘦肉粥、牛蛙粥等。老板看中年轻人有力气，让他洗碗、给牛蛙剥皮。洗碗事小，给牛蛙剥皮，那可是一件极其血腥的事情。你会相信一个大学生，蹲在那里双手血污地给牛蛙剥皮吗？

我和两个女同学一起，进了一家衢州市区的茶吧。工资三百块一个月，也就是日均十元。

茶吧里原本只有一位男服务员，那是个年轻机灵的小伙子。第一天上班，换上服务员工作服，我们还彼此对笑，但这欢乐迅速被老板娘打断了。她交代了几句，我们就上岗了。工作是站在客人能看见的地方，观察他们是否有需要，帮客人送去茶水和点心。

第一天上班是周末，客人还挺多，刚开始的新鲜感让我们觉得还挺有意思。到了中饭时间，人与人之间的差距立马显现。正值炎热的夏季，我们从冷气十足的大堂，退到后面一个违章建筑的简易棚内，日光透过头顶蓝色的石棉瓦，晒得我们身上直冒油。一碗丝瓜汤、一盘白菜，就是我们几个的午餐。年轻的身体没有油水，多想在冷气十足的大堂吃几口丰盛的食物哇，可那些都与我们无关。棚内不仅热得让人喘不过气来，还狭小逼仄至极，我们四个人只能站着吃。

十五分钟的吃饭时间很快就结束了，早上忙碌半天没觉得累，午后的困意袭来让人有点撑不住了，脚酸、腰痛、身体千斤重，只想找个地方靠会儿。刚悄悄靠墙站一会儿，老板娘就不知从哪里冒了出来："不能坐，不能靠，只能站着，这是我们茶馆的形象！"

战战兢兢的我，只有拖着那沉重的身体继续站着，心里凉得跟这室内的温度一样，暗自感叹人与人之间命运的不同。人穷志短，只能任人驱使，在心里暗骂："包身工啊，这么多桌凳空在这里，现在又没什么客人有需要，让我们休息下有什么关系呢？休息好不是为了更好地工作吗？"

看我们挨骂，那位前辈就偷偷过来传授："想休息，就去上厕所，厕所里靠着没人看见。"

我如小鸡啄米般拼命点头感谢。接下来的日子，在双脚撑不住身体的时刻，我就躲进厕所那潮湿阴暗的地方，偷偷地靠那么一会。在那种身体累到极致的时刻，厕所的味道也不再让我嫌弃，反而那是我可以短暂休息的幸福港湾。

多年以后，每当到茶馆喝茶、用卫生间的时候，我就会想起那段难忘的岁月，也让我更珍惜眼前的生活。

很快，夜幕降临，我们仍旧躲进那逼仄的角落，用完了我们简单的晚餐。十五分钟后又开始上班。

从早上九点，一直站到晚上九点，十二个小时，一天终于结束。拖着疲惫不堪的身躯回到租住的小屋，躺倒在地，那刻的放松，是前所未有的快乐与幸福。顶楼阁楼，大夏天没有空调，没有电风扇，也阻止不了这些年轻身体酣睡的呼声。

第二天，我并没有因为熬过去一天而变得习惯，心里只盼着快天黑，快结束这样的日子。暗地里想，如果注定这样过一辈子，这样的人生我是否能够过下去？我心里一片灰暗。

两天后，一起去的女同学，终因受不了而离开。

五天后，我们两人也放弃了。

一人五十元。捧着老板娘发给我们的工资，五天的辛苦与劳累，突然回来的自由，让我们想疯狂一回。我们跑进超市，把钱花个精光，以此慰藉这五天失去自由的身体和灵魂，也给自己断了继续留在这个城市找工作的后路。

收拾好行囊，还是回家。那曾经让我极度厌烦的唠叨，也是我最温暖的港湾。

感谢命运的眷顾，我们很快找到了衣食无忧的工作。最先离去的那位女同学，那时就显示了她做事的果断与魄力，如今已成了一家大公司的区域经理，从当初的月薪三百到现在的年薪五十多万。另一位朋友，已成了这座城市里的小领导。而我，也在这座城市的一所学校做了老师，偶尔也在报纸上写写文章，工资虽然不高，但也算安逸自由，不再需要过站着吃饭、仰人鼻息的生活。

多年以后，我常常会想起那段又苦又累又放纵的日子。可记忆里，过去的苦，早不再是苦了，想起的都是躲在厕所偷闲的那份满足与幸福，还有后来在前辈的指引下如何偷拿点那诱人的食物一饱口福的快乐。

年轻真好，可以有机会让你一切从头再来。

以后的日子里，每当看到小区门口站着的门卫和茶馆里的服务员，以及一切渺小而卑微的工作者，内心总能牵起一抹浓浓的理解与尊重。当然，还有从中学得的对生活的珍惜与知足。工作中，每当遇到那些裤腿上还沾着泥巴说不清事情的家长，我也会特别耐心。人生最初那短短五天的工作体验，使我一生受益无穷。

【评点】

不是每一个人都可以幸运地过自己理想中的生活，有楼有车当然好了，没有难道哭吗？所以呢，我们一定要享受我们所过的生活。

——《新不了情》

是的，大多数人可能都不能过上自己理想中的生活。这个社会就是这样，日复一日地平凡着——有的人年过半百，还在建筑工地上挥汗如雨；有的人在冰天雪地之中，骑着三轮车送快递；有的人身患残疾，坐在地铁口外面马路边卖唱……大多数人的一生都如此平凡，还有的人拼尽全力，才能过上普通人的生活。这就是生活的真相，但是看看这些平凡的人吧，每个人都在努力，每个人都因为认真对待生活而眼神闪闪发光。人世间的一切其实都是平凡的，所不同的是，如何在这凡俗的人生里，活出自己的灿烂来。

一个策划，我赚了一个月工资

禾子

我把一叠钱往女朋友面前一拍："瞧，这是我刚赚的。"

那会儿我二十二岁，在县城一家热电厂上班，热电厂知道不？就是烧煤发电的，那年头电力不像现在这样充足，县城里也老停电，到处都在建火力发电厂，我们县城也建了一家，两根高高的烟囱，看上去特别高大上。

我在热电厂的中央控制室上班，三班倒。那会儿能进热电厂可不容易，我爸托了关系好不容易把我安排进去，弄了个助手岗位。现在看来，这份工作真清闲啊，每隔一小时抄抄表，偶尔有突发事故应急处理一下，简直是养老。

但工资不低，一个月我能拿到一千五百元，可别小看这笔钱，那时县城的房价是七八百元一平方米，我一个月的工资可以买到两个平方米了。

至今我都记得那阵子的逍遥。刚进厂的时候，我还没谈恋爱，孤家寡人一个，领了工资就跟同事们去潇洒，打台球、下馆子，小县城不多的娱乐项目被我们玩了个遍。

进厂第三年，热电厂老板在厂旁边建了一个小区，定向卖给职工。厂里有些家底的同事纷纷掏腰包，特别是有家小的，都趁这个机会在县城里安家落户。

买房子？起初我想都不敢想，爹妈都在乡下，而看上去还不错的工资，都被我“潇洒走一回”用完了，口袋比脸都干净。

老板造的小区挺大，尽管同事们踊跃买房，并没有一抢而空。于是老板又想了一招：职工可以分期付款买房。

也就是说，先交一部分钱，剩下的可以从工资里扣，慢慢还，不要利息。

我终于心动了。

谁不想在县城里有套房子啊，你看那些买了房的同事，走路腰板都挺一点。冬天上大夜班的时候，他们可以多睡半小时，走几步就到厂里了。我呢，从租来的小房间到厂里，要顶风冒雪骑半个多小时自行车。没有对比，就没有伤害。

我赶回老家，不依不饶缠着爹妈，我妈终于从箱底拿出两万块现金，亲自护送到县城，帮我交了首付款。

后来才知道，那可是爹妈的全部家当。

买了房子，面子有了，但手头一下子拮据起来。每月付了分期房款，工资就所剩无几了，不要说大吃大喝，连正常的开销都紧张。有一阵子，我每天吃面条，吃到看见面条就想吐。

在“七〇后”里面，我这房奴算元老级的吧？

第二年，我谈了女朋友，也就是现在的妻子。

她第一次来我房子里，我的家当暴露无遗，两张床、一个衣柜、一张饭桌，屋子里空空荡荡。

但她没有嫌弃，她也是平民家庭出身，大概觉得我人还不错。

两个人的日子就不一样了，我的伙食明显改善，开销也大起来。晚上我开始读书写稿子，大概是读书时有点文字功底，我写的稿子后来在县报上频频发表，一篇文章的稿费十五块钱，对当时的我来说也是笔不小的收入。

发表的稿子越来越多，也渐渐有了点名气。有一天，一家报社的编辑约我去见一个景区的老板，那个老板准备在情人节搞一台户外篝火晚会，一直找不到合适的人写策划案，他让报社编辑帮忙物色，就这样找到了我。

那时，我连什么叫策划案都不懂，然而初生牛犊不怕虎，二话不说就答应下来了。

回家以后，我四处找资料、看案例，一个星期之后，拿着一份厚厚的策划案去见老板。那位瘦瘦的高个子男人捧着我的策划案面无表情地翻看，当时我的心情别提有多忐忑了！

等老板终于看完了，他也不看我，只是把策划案往他身边的一位男助理面前一拍，说：“这才是策划案！”

那年情人节是正月初四，我自告奋勇赶去景区帮忙。篝火晚会办得很成功，结束的时候，老板递给我一份小礼品和一个信封，说是给我的报酬。

信封摸着很厚，但我没有急于打开。

从景区到县城漫长而蜿蜒的山路上，我的内心充满喜悦。

回到家门口，我打开信封一数，竟然有十五张“毛爷爷”！

我打开门，看见女朋友坐在沙发上织毛衣，噌噌噌走进去，把钱从信封里掏出来，往她面前豪迈地一拍：“看，这是我策划活动赚的！”

后来，这位老板把我招去他的麾下，我便开始了我的策划生涯。此后二十年，不管人生怎样沉浮辗转，我都干着策划的行当。现在，我也有了自己的策划公司和文创品牌——“久仰”。后来我们给景区和地方政府策划的活动都比那场篝火晚会大。

但我深深记着那年冬天的篝火晚会，这位老板改变了我的人生轨迹。

【评点】

你们必须记住，年轻的演员们，学习是不分季节的。它允许假期内闪烁之光振作并且启发。它使年轻的思想得到充实，神奇的未来之门在向你招手，回想每个珍贵的时刻，每个英勇的抉择。

——《歌舞青春》

感谢那些给我们提供了机会的人。年轻的时候，人生其实有无数种可能，但并不是每一个人都能遇到好机会。机会到来，又能很好地把握住，也许就开拓出一条闪光的道路来。所以，要感谢每一个愿意提供给你机会的人，他们是你人生中的贵人。无论机会是大是小，无论事情最终是成是败，这样的人都值得被记住，被感恩。不要抱怨工作任务太重，不要抱怨奖金太少，这些都是次要的，每一次真正把你推到前台，让你扛起重任，都是一次极好的锤炼，好过把你晾在人群之外一千倍。须记住的是，每一个机会都来之不易。要正确认识每一个机会的价值，并且珍惜它，尽管有的价值，要在很久很久以后才会显现。

那一年，我跑快递挣了六十万

口述：张军延　整理：杨春富

现在人们形容工作辛苦低贱，总喜欢说“搬砖”。我是真的搬过砖。那一年，我刚满十七岁，在河南一个工地搬砖。冬天寒风刺骨，夏日艳阳高照，稚嫩的肩上总是磨出血泡，每天累死累活，一天才挣十几块。

2006年上半年，我决定南下广东。到了东莞后，我进了一家工厂，被选为驻厂跟单员，专门负责跟踪供应商的订单进度。刚进厂时，月工资有一千元左右，随着工龄的增长，到2015年时，月工资有四千元左右，包吃包住，工作非常轻松，每天只要忙碌两三个小时就可以完成。这样的工作，我干了将近十年，我本以为，这份工作，我会一直干下去。

随着两个孩子渐渐长大，加上老家的破房子需要重建，这份工作收入应付生活已捉襟见肘。生活于我，就像温水煮青蛙，经济压力就像锅底骤然升起的火舌。我暗暗告诫自己，出来打工，不是为了图清闲，而是为了赚更多的钱。

与此同时，我突然发现妻子酷爱网购，不断向家里快递来的网购产品：化妆品、衣服、日用百货，甚至家用电器，就像漫天的蝗虫飞进我们的住处，让我承受经济压力的同时，也让我嗅到了其中的商机。我觉得，电商的迅猛发展必定带来快递业的繁荣，做一名快递员应该会有“钱”途。于是，我对这份职业动心了，经过再三对比，我选择了自认为比较有发展前景的德邦快递，成为一名快递员。

2015年6月，我拿出这些年所有的积蓄近六万元，购买了一辆面包车跑快递，我起早贪黑，有时甚至忙到凌晨两三点。由于当时公司的快递业务起步不久，快递网点少，有的快递员甚至连营业部都没有。由于客户少，我的提成自然也就不高，每个月只拿一千五元底薪，还要自己租房，自己买饭吃，每天要跑四五十公里，车辆的油钱还得自己掏。一个月下来，入不敷出，相比我以前当跟单员的轻松日子，简直天差地别。

我负责的区域主要是当地外贸市场和一些批发店铺，且大多分布在一些没有电梯的老旧小区，街道错综复杂。我业务不熟，跟着师傅跑，每天都搞得头昏脑涨。

德邦快递以收发大件快递为主，而且要求“上至六十公斤，免费送货上楼”。我虽然身高一米八，块头大，但由于多年没做过重体力活，面对客户收发的大件货品，头皮发麻，力不从心。记得有一次，我送一件重达五六十公斤的货品，由于客户在老旧小区七楼，没有电梯。我只好小心翼翼地抱着货品，每爬一层，便觉得气喘吁吁，满头大汗。之后，每走完一层，都像打完胜仗一般，等爬到七楼，衣服早已湿透。辛辛苦苦一个月下来，月收入不足三千元，我的心里是拔凉拔凉的。

基本熟悉业务以后，我开始在东莞厚街地区“单飞”。送完公司的派件之后，我就挨个店铺一家家拜访，介绍自己的业务，希望能给自己多揽些客户。一轮轮的拜访下来，我听到很多用其他快递公司的客户反馈了一些问题，主要集中在三个方面：第一，不能及时来接货；第二，货物不能送到收件客户手中；第三，货物经常有丢失，出现扯皮推诿现象。我向客户保证，接到电话就来收货，公司也有必须送货到客户手中的硬性规定，保证货物上楼直抵客户手中。我郑重地保证，打消了客户的疑虑。

在入职后的第二个月，我接到人生第一个快递生意，我的跑快递事业开始迎来转机。

这一天，我拜访一家公司老板。此时，老板急着给客户发货，而合作的快递公司至少需要半个小时才能赶过来取货，而他刚好有急事要走。我了解情况后，对老板说：“你放心去办事吧，等会快递员来了，我帮你看着。”等老板回来，我已经为他办好了快递交接事宜，货被及时送走。老板觉得我诚实可靠，又是干快递的，渐渐地把一部分快递业务交给我做。我服务周到，常常一个电话过来，我便风雨无阻地赶过去，及时收货送货，没有半点差池。后来，我得到了这家公司的全部快递订单。这家公司平日里快递订单量大，成为我重要的大客户。

在鞋城里有一个客户，有一次出货量堆积如山，我听到客户抱怨说："就算一天有四十八个小时，这么多货也打包不完。"我灵机一动，第二天马上开车回家，接我父亲过来帮客户打包，及时解决客户的燃眉之急。从此之后，这客户的发货业务全都交给了我，一天就能达到两三百件。

我工作的快递网点在厚街中心区，网点业务量在东莞公司排在前三名。我抓住送货的时机，用真诚、优质的服务打动客户，同时还送上自己百分百的微笑。在同事、客户面前，甚至接到客户电话时，我的脸上总挂着一副乐呵呵的笑容。我的笑脸是我们公司里一道响当当的招牌。慢慢地，我的客户越积越多，有很多还是工厂、鞋城等大客户。

随着订单激增，我变得格外忙碌。我每天的工作从早上七点开始，点亮手机，打开电脑，处理异常单。完毕后，开始装货，联系客户，规划派送路线。有时大件较多，一车最多只能装十件，需要在公司卸货点和客户收货点多次往返。如果订单太多，我无法及时完成，则会转给同事处理。

午饭时间，派件派到哪里，我就在哪里买个快餐，急忙塞进两口，匆匆解决肚皮问题。下午五点，我开始收件，然后把满车的货品拉回公司卸下，又马不停蹄前往下一个收件点，收件持续到晚上七八点，然后开始打包、装车，处理完一天的最后一批货物，差不多就到了午夜十二点。

下班的时候，凌晨的厚街镇，居民楼已笼罩在一片沉默的夜色里，街上还混杂着大排档烧烤的浓香，灯红酒绿的街道慢慢还原成黑灰，没有地方能买到新鲜的菜和肉了。我只好回到家里，打开冰箱，拿出干面和鸡蛋。我喜欢吃面食。烧开了水，煮好面，再给自己打开了一罐啤酒。这一顿饭，离上一顿已经超过12个小时。除了能坐下来吃一碗面、喝一口酒，其他属于我自己的时间很少。简单的洗漱后，我看了一下闹钟，离上班时间还有6个小时，此时又累又困，我赶忙躺下，抓紧时间休息。

我每天至少跑四五十公里，多的时候要跑一两百公里，而且是全年无休，因为只要休息一天，就会丢失当天的客户，对于我来说，损失是很大的，时间就是金钱。有时在路上困得眼睛都睁不开，我就打开手机，看看银行发过来的工资信息。五位数的工资，在我以前是从来没有过的，我整个人又精神起来，满血复活，如鱼得水。之前因为缺钱的窘迫感烟消云散，取而代之的是从心底因富足而升起的充实感。

因为发展得不错，于是让妻子也跟我一起做快递员，这样夫妻之间可以有个照应。我开着面包车，妻子坐在副驾驶位置，两人说着家乡话，有说有笑。我们一起去收件派件，但是遇到超过十公斤的货件，我很少让妻子“插手”。

2018年双十一期间，我收到的货件堆积如山。早上七点我就出门去取货，路上接到妻子生病的信息，我心里很着急，恨不得掉头回去，带她去医院。但因为答应客户要及时发出货件，既然答应了，就必须按时完成，我只能让妻子独自一人去医院，准备忙完再去陪她。而妻子也体贴我，在医院挂点滴时，给我发了一条短信，让我安心工作，她没事了。我看到这条短信，心里不是滋味，惭愧又感激。每当家人需要我的时候，我都不能在场，这种感觉，只想痛哭一场。

2018年，我获得了金星快递员称号。在联邦快递，被评为金星快递员，条件是相当苛刻的，首先每个月都要获得五星级，即全年零投诉，无差错。我自入职公司起，一直保持五星级，如今已达四十一个月之久。

2018年，我单是收件的总数量就超过三十万件。平均下来，每天九百多件，年收入高达五十万元，并获得董事长亲自颁发的十万黄金砖年终奖励。一共加起来有六十万元的收入。

登上颁奖大会，面对台下万千同仁，我分享自己的制胜法宝："把客户当朋友，想客户之所想。严格按公司要求的流程办事，对所有的规定要非常清楚，所有的业务要非常熟练。不管货物有多少，每一件货物都要仔仔细细称重量、量尺寸。为避免送货时恰好客户不在家，导致延后送货遭客户投诉，每次送货之前，事先做好规划，打电话和客户确认送货时间，规划好路线，再上门送货。我相信大家只要用心去做，都能成功。幸福是奋斗出来的。"

我在河南老家造了一栋三层别墅，花了三十多万，这些钱都是向亲朋好友借的。这两年随着收入的增加，我终于在2018年底还清了因造房子欠下的债务。之前因为欠下这么多债，加上收入又不高，时常寝食难安，为债发愁。还清债务的感觉真好，无债一身轻，有种拨开云雾见天日之感。

我的女儿十一岁，上小学五年级，乖巧懂事；九岁的儿子，上小学三年级，顽皮捣蛋，常常惹姐姐生气，而姐姐则非常包容他。想起他们，我的心中柔波荡漾，但又很惭愧，他们都属于“留守儿童”，至今仍在河南老家，由我的父母照顾。女儿上次和我们分别的时候，送给我一张卡片，上面写着：“爸爸，我要的不是钱，是陪伴！”我把卡片捧在手上，看了好一会，心里酸溜溜的，然后把卡片带回了东莞，时常放在身旁，想他们的时候，就拿出来看看。

我夫妻俩现在在东莞租了一室一厅的房子，约二三十平方米，客厅很小，孩子们的照片却很大。我们经常会在孩子们睡觉前跟他们通电话，那是我们最幸福的时刻。

我心里有一个强烈的愿望，2019年，我要挣一百万，在东莞安家落户，把两个孩子接到东莞上初中，全家幸福团聚。我想在可爱的女儿面前骄傲地宣布：“女儿，爸爸不仅能给你钱，还能给你陪伴。”

【评点】

我不要只是生存，我要活得有意义。

——《机器人总动员》

在一段时间内，集中注意力投入某件事当中，专心致志，心无旁骛的时候，是很幸福的；在一段时间内，朝着自己的理想目标去奋斗，坚定执着，勇往直前的时候，也是很幸福的。

用心做一件事，专注而执着，就能把这件事做到极致，会发现事物背后的规律与秘密。比别人更用心，就能比别人获得更多的经验。跑快递有很多的经验可以总结，就看从事这个工作的人是否用心和专注。做任何别的工作也一样，每一份工作都不可轻视。《牧羊少年的奇幻之旅》中有一句话，“当你真的想要去做成一件事情的时候，整个世界都会来帮助你”。这就是用心和专注的力量。

个人成长的道路上，用心是最好的捷径。用这个故事主人公的话与大家共勉：“相信大家只要用心去做，都能成功。幸福是奋斗出来的。”

4. 向犹太人学淘金

一首歌换了两百银圆

口述：周大风　整理：徐忠友

我一生都与音乐打交道。

我写过很多歌曲，也改编过多部戏剧。我记忆最深的就是我创作的第一首歌，而且还得到两百块银圆的报酬。

1923年7月22日，我出生在上海闸北区光裕里1号一幢旧式居民楼里。我的父亲叫周六吉，当时公开的身份是上海一所小学的老师，实际是一位中共地下党员，他在闸北鸿兴路开设了一间“雨化社”印刷所，表面出售一些糖果和杂物，常秘密印刷马列主义小册子等进步书籍，分发往全国各学校。

我的母亲则是一位普通的家庭妇女，文化程度很低，甚至不懂得悉心抚养孩子，这让我从小吃了不少苦头。

听父亲说在我出生的第四天晚上，光裕里1号底楼房东家突然着火，黑色的烟雾夹着火焰很快就升腾到二楼，封住了前门。睡在房中的我被呛得哇哇大哭，不一会床也着火了，慌乱中照顾我的四姨母用绸缎夹被把我一裹就跑下楼，哪知绸缎夹被很滑，我从中滑出滚落到楼梯底，才十六岁的四姨母竟然不知。幸好房东小脚老太逃命经过楼梯口，感觉踩着了软物，仔细一看是个“小毛头”，就把我抱起来逃到后门外，火里逃生。

光裕里1号被这场大火烧成一片废墟，父亲便雇了黄包车将家人拉到宝山路一家小旅馆里暂住。

因生活不便，在我出生后的二十七天的下午，父母亲和四姨母便抱着我乘招商局的客轮回故乡宁波镇海。半夜，客船航至大海上，突然底舱起火，烟尘弥漫，引起全船乘客慌乱不安。原来是一位无知的乘客在底舱生石灰堆上小便，生石灰产生反应引燃了旁边纸箱所致。还好，乘客中有位大学教授，查明情况后果断采取措施，让我等上千名乘客逃过一劫。

次日，拂晓时分，客轮终于停靠在宁波镇海码头。我祖父周樵岚，身为镇海知名商贾，又资助过孙中山革命事业，他已雇好三顶类似于滑竿一样的“圆宝篮”，让我一家人坐上去后被壮汉们抬了二十里地，回到了镇海县灵岩区（现属宁波市北仑区大碶街道）后洋村的周家。

我家是宁波的名门望族。作为周家的第七代长孙，我的回来让周家人喜上眉梢，祖父、祖母和外祖父、外祖母率全家二十余人在门口将我迎入祖堂拜祖宗。

听说我经历两次火灾都化险为夷，疼爱我的祖父便向全家人宣布：“小毛头”名字就叫周祖煇（后来我将自己改名为周大风）。寓意一是祖宗的光辉，将来定能光宗耀祖；二是出生后即逢两场火灾，为不忘灾祸，辉字特以火字为偏旁。

三天后周祖煇满月，祖父又摆了十多桌满月酒，请一百多位亲友吃喝了两三天，仅黄酒就喝掉上千斤之多。

我被祖父母当成“掌上明珠”，受到了精心的呵护。我长到两三岁时，在祖父及叔父周六言的教导下，背唐诗宋词、学习书法，还从张志东公公那里学到了“摇啊摇，摇到外婆桥，外婆叫我好宝宝。又吃糖、又吃糕，外婆对我眯眯笑”等俚谣。

然而，好景不长。1927年农历五月初八晚上，我祖父不幸因病去世了，入殓后停厝一月余。家里每日有几十桌客人来吊唁和吃饭，还请来两班乐队在祖父灵堂里吹吹打打。还不到四周岁的我对乐队吹打很感兴趣，常常坐在大鼓面上听音乐，还会与鼓乐手们开玩笑，有时甚至偷偷拿起锣钹敲打几下。

我特别爱听曲调非常文静幽雅、优美动听的“四明南词”丝竹演奏。在这一个多月的音乐氛围中，我受到了音乐启蒙，爱上音乐。在此后的岁月中，只要一想起这个情景，美妙的丝竹声便会在耳边隐约响起，激励我在音乐之路上前行。为此，在叔父的指导和帮助下，我还制作了一把简单的二胡，常自拉自奏。

祖父去世前曾给我算过命，并留下一百块银圆当学费，所以我大约在六岁半时就读于本村的“后洋初级小学”，并由塾师虞槐香精心教习，我在唐诗、宋词、元曲、绘画、丝竹、书法、篆刻方面受到良好的启蒙教育。

1931年2月，经虞槐香老师推荐，我转到离家三里地的邬隘乡新式学校“灵山小学”寄宿就读。“灵山小学”是教育家曹静渊创办的，分六个班级，有二十二位老师。其中，当年在上虞春晖中学任教的丰子恺、朱自清、夏丏尊、经亨颐、林澹秋等名家大师都兼任过该校的教师。特别是著名音乐家陆仲任为音乐老师，每周教两节音乐课，教学生识歌谱和五线谱，学唱中外歌曲和京剧、昆曲等，这是我最感兴趣的课。特别是在音乐、绘画、工艺制作、诗词曲赋方面得到了进一步的培育。到十一岁时，我已能作多声部乐曲。

祖父去世前，分给我父亲三个商行的九股财产的钱，但父亲时任宁波镇海县的农会主任，将四万块银圆（占大部分财产）资助镇海农会和地下党组织作为活动经费。加上在上海的“雨化社”也于“四一二事变”后关门停业，所以祖父去世后，我家就开始走下坡路了。由于经济困难，我曾几度辍学，但在多位老师的接济下，撑到1936年夏天小学毕业，学校给我的成绩单是这样写的：音乐相当专科学校一年级。

1936年8月，我随父母再赴上海，进入“道一商科职业中学”继续读书。1937年，“七七”抗战爆发后，我只好返回故乡。不久，我与同学和爱国乡民一道组织“扎马民众救亡工作团”（扎马为当时的乡名），这个团是宣传抗战的剧团，共有二十二名团员，十五岁的我被选为团长，乡民喜称我为“小团长”。我大胆编写了许多抗日的活报剧和小节目，供剧团排演，并将申奋创作的大型话剧《铁花》改编成歌剧并亲自作曲，这也成了我歌剧的处女作，但都没有报酬。扎马民众救亡工作团在镇海各区乡间巡回演出，影响越来越大，被当时镇海县国民党官员怀疑是共产党领导的组织而被取缔，我只好往上海租界谋生。

1938年12月，经亲友介绍，我进入“上海益丰搪瓷公司”第五分厂，因我学过美术，便成为打样间美术部学徒，从事搪瓷器皿、热水瓶壳、玻璃器皿、陶瓷制品绘画及雕刻模板。

1939年春节前，我在一张爱国报纸上看到了蔡元培先生撰写的《国际反侵略运动大会中国分会会歌》，心情激动，立即试唱，唱毕，我总觉得歌词用的是文言文，对一般百姓来说不通俗也不易唱。这天晚上，我斗胆给蔡元培先生写了一封信，对《国际反侵略运动大会中国分会会歌》提出了一些自己的意见和建议，还希望能在报上看到更多国际反侵略歌曲。

几天后，我便在报纸上看到一则征稿启事：国际反侵略运动大会总会在全世界范围内征集总会会歌。我心里兴奋极了，立即酝酿应征，口中念念有词，铿锵有力的旋律不停地冲击着青春的脉搏。连夜奋笔疾书，当朝阳升起在黄浦江上空时，我的作品终于诞生了。这首由我自己独立作词作曲的应征会歌，就取名为《国际反侵略进行曲》。歌词是：

站起来！站起来！站起来！

全世界爱护和平的兄弟姐妹们，

快为着保卫人类的文明和生存而前进，

多少国家正蔓延着恐怖的战争，
无辜的人民正被蹂躏，
这是一个教训，再不起来斗争，
人类将要临到末日命运。
全世界二十万万人民，
快放弃国家民族人种的私见，
为着人类生存、文明、为着世界永久和平，
一起来向侵略者做一次最后的斗争！

清晨，我将创作完毕的《国际反侵略进行曲》词谱装进信封，投入了绿色邮箱。期待了半个多月后，我惊喜地从上海美国商人发行的《正言报》和香港出版的《星岛日报》上，看到了自己创作的《国际反侵略进行曲》。我很快被主办单位告知，《国际反侵略进行曲》获得国际反侵略运动大会总会颁发的总会会歌征集四等奖（前三等奖被美国、英国、苏联的作者获得）。中国选送的就是我创作的《国际反侵略进行曲》，后被定为国际反侵略运动大会总会会歌。此后，当世界各国反日德意侵略集会时常会高奏此曲，以壮气势。

国际反侵略协会中国分会给我两百块银圆的报酬，在当时这也算是一大桶金了，解决了我们家庭的经济困难。

后来，我从一位新闻记者那里了解到是蔡元培先生向国际反侵略协会推荐了我的歌，蔡先生称赞该曲“全球同声，为国争光”。当时我才十七岁，心里也很自豪的。

此后，我又创作了《白米谣》、《堡垒进行曲》、《黄公度军中歌》（四部合唱）、《黎明之歌》、《青年战歌》（三部合唱）、《妇女战歌》、《伟大中国歌》、《守住生命园地》等许多抗战歌曲。

解放后，我从事音乐工作，特别是1958年5月，我创作了一首《采茶舞曲》，在杭州、上海、北京等全国各地演唱，受到了毛泽东主席、周恩来总理的赞赏。1983年，这首歌曲还被联合国科教文组织评为“亚太地区风格的优秀教材”。至今，这首歌已被中国唱片公司等单位制作成一百多种唱片、磁带、CD片等，广泛流传海内外，也成了我音乐生涯的巅峰之作。

（作者徐忠友于2014年10月15日下午采访周大风，并整理成文。2015年10月11日，周大风因病在杭州去世，享年九十二岁。）

【评点】

永远给自己一个梦想，即使它很远。

——《小鞋子》

个人的命运总是跟家国命运紧紧联系在一起。作为后来的著名音乐家，周大风青少年时期的生活并不太平，在战火与硝烟弥漫的年代，个人的理想追求其实是一件非常艰辛的事情。但即便在那样的时代里，周大风先生依然坚持追寻理想，取得极大的成就。十几岁时进入上海的搪瓷厂工作，一边从事搪瓷器皿、热水瓶壳、玻璃器皿、陶瓷制品绘画及雕刻模板，一边创作歌曲。十七岁时，他创作的歌曲获了奖，并被定为国际反侵略运动大会总会会歌，获得两百块银圆，这是多大的鼓励！也许这就是梦想的颜色吧，在这个梦想的指引下，周大风先生最终在音乐之路越走越远。

我的照相生涯

口述：李书福（吉利集团董事长）　整理：徐忠友

有人叫我“汽车狂人”，说我是“造车疯子”，其实我最初是搞摄影的，帮人照相让我淘到了第一桶金。

1963年6月25日，我出生于浙江省台州市路桥区的一个小山村里，我父亲是一个地地道道的农民，我小的时候当过放牛娃，星期天和寒暑假时间，经常为生产队放牛。我爱骑在牛背上，一边让牛吃草，一边看书学习。

说到与汽车结缘那是在上小学时，我看到同学中有人买来玩具汽车在操场上玩，心里羡慕得不得了。那时人们的经济条件普遍都不好，当农民的父母不可能掏钱给我买玩具汽车，我只好自己挖了些黏性较好的泥巴做了一辆“小包车”，这是我最早“造”的一辆小汽车。

用泥巴做的小汽车，既不能开更不能坐人，却让我对汽车着了迷。当时乡村里都很少看到拉货的大卡车，看到铁壳两头尖的“小包车”更是稀奇，能看到那种黄帆布篷的吉普车我兴奋不已。这种车在乡间高低不平的机耕路上跑不快，我看到后便会在车后面追一阵，那种滋味就像现在的车迷看赛车一样，心里很快乐。

1982年夏天，我中学毕业了，农村的学生毕业后一般都回去种田，有条件的就是学点手艺或者去做点小工。我在学校里就跟同学们讨论过创业的问题，当然也做过造汽车的梦，可那时是想也不要想。而我不想像父亲那样当个农民伯伯，因为农民收入太低，干一天才几毛钱，而且我个子不高、体力不好，就想做一点省力又赚钱的事。

我这个人一贯对新事物很感兴趣，想想“汽车梦”遥远得很，所以最早的愿望是开一个照相馆。因为照相这行在那时还算是“高科技”，有点神秘感，在农村背着相机还是蛮神气的。如果帮人照相，又轻松体面，也能赚到比较多的钱。可开照相馆要公安局批准，还要房子、设备、资金，而且一般照相馆的师傅怕人抢饭碗基本不愿意教人。怎么办？我只好向父母求援，父母听我说了几次就从家中为数不多的钱中取出一百二十元，给我买了一架“海鸥”牌双镜头照相机。

有了照相机的我，出门把相机背在身上是挺吃香的。我只要照相机一举起来，看热闹的小朋友就像前些年我看小汽车一样，追着转过来了。可是有人看热闹没啥用，还得给人家照相赚钱呀。当时也没人教，我便靠看看说明书，无师自通地学会了照相技术，然后骑着一辆破自行车，开始走村串户给人家拍照。

我给人家照相其实也是很辛苦的。由于那时大家经济收入低，一般人都舍不得出钱拍照片，我要给人家做思想工作，动员他们照相，刚开始生意不是很好。最倒霉的是有一次我骑着自行车外出给人家拍照片，当时把装照相机的皮包平夹在自行车后面的座位上。山村的小路不平整，还有上坡下坡，我骑着自行车摇摇晃晃地跑出了十多里路。刚到一个村子里准备给人拍照，回头一看皮包没了。我脑子"嗡"的一下，身上立即出了一身冷汗，赶紧骑着车子往回赶，结果皮包没有找到，我心爱的照相机就这样丢了，那时心里难过得真想去投河。

留得青山在，不怕没柴烧。事后我冷静下来一想，只要有人在，照相机还可以再买回来。我当时口袋里没有多少钱，只好硬着头皮向父母要。父母知道这事后说："你钱还没有挣到，就把照相机丢了。我们家里一共也没有多少钱，已经给你一百二十块了。再把钱给你，你的几个兄弟会有意见的。"我知道父母是有意给我点压力，让我再不要这样做事马马虎虎了，便向父母保证以后不会出这样大意犯错的事了，而且表示这个钱就算我向家里借的，到时赚到钱就及时归还。

父母见我态度诚恳，再说也不是我故意把相机丢的，就把家里仅有的八十元钱给了我。上海产的"海鸥"双镜头相机是名牌，要一百二十元钱，八十元钱不够。我到百货公司看了一下，有一款苏州产的"虎丘"牌相机要便宜不少，八十元刚好够，所以我便没有多考虑，就把"虎丘"牌相机买回来了。

此后，我不愿再当“马大哈”，做事情也小心多了。先后从家里拿了两百元钱，购买了两台照相机，给家里增加了经济负担，我心里觉得不好意思，想想也有思想负担的。于是我早出晚归，到处跑生意。几个月跑下来，心里也有点挣钱的方向了。如男女青年谈恋爱结婚、小孩子满月、学生毕业、老人想留影给后代，这些生意还是要好做一些。渐渐地，我就从这些方面入手抓住商机，想方设法多赚一点钱。

当时拍的都是黑白照片，拍一张照片不到一块钱，照片是送到城里让人家大照相馆冲印的，除去冲印费我只挣两三毛钱。而且由于大照相馆的生意比较好，冲印的照片比较多，冲印的时间也比较长，所以至少要一周时间才能取到照片，有时甚至要拖到半个月时间。想想自己既然要做照相的生意，就要学会冲印照片，肥水不流外人田嘛。再说取相的时间太长，顾客也有意见，有的人干脆直接到大照相馆去照相了。后来，我照相的技术提高了，熟悉我的人多了，生意慢慢好了起来，为了方便顾客，我就壮着胆租了间房子开了个小照相馆，添置了一些设备，还有定影液、显影液等。到新华书店购买了有关冲印照片的书，边看书边学习照片的冲印技术。从此以后，我白天在馆里或到馆外给人家拍摄照片，晚上就躲进暗房冲印照片。就这样忙忙碌碌干了大半年时间，我赚到了一千多元钱。在当时人们工资只有几十元钱的情况下，这已经是高收入了。

没想到的是，在冲洗相片的过程中我受到定影液的启发，找到了一条新的生财之道。我用一种药水浸泡废弃的照相机、电脑中所含的贵重金属零件，可以将零件中的金银分离出来。当我把这些废弃零件中提取出来的金银等贵重金属送到杭州收购站出售后，发现赚钱比照相多多了。不久我干脆关掉照相馆，专门做起贵重金属提取的生意，很快就成了“万元户”。

水往低处流，人往高处走。淘到了这第一桶金，我就想做更大的生意，赚更多的钱。后来我造过电冰箱零部件、“北极花”冰箱和冰柜，做过装潢材料，造过摩托车，让自己成了“亿万富翁”。

特别是在1994年，我再次做出一个在当时既惊人又让人觉得有点可笑的决定——造小轿车。因为在造过冰箱、摩托车以后，我把汽车也看得非常简单：那就是四个轮子、两张沙发、包上一个铁壳。于是我打着扩建摩托车厂的幌子在临海市征地八百五十亩，悄悄筹建了吉利“豪情汽车工业园区”，1998年8月8日，第一辆吉利“豪情轿车”成功下线，圆了我儿时的“汽车梦”。如今，吉利汽车已在世界各地奔驰，但那一段照相的经历，却让我难以忘怀。

【评点】

机会稍纵即逝，要用每一滴汗水去争取，要坚信你会得到更多，坚信不懈的努力会让命运低头。

——《摔跤吧！爸爸》

珍视内心最初的激情与冲动，相信它们会把你带到未知的远方。不管是创业，还是求知、搞艺术创作，这种激情与冲动都无比宝贵。它们是一粒种子，只要一有合适的阳光与雨露，就能悄悄萌芽，拼力生长。

李书福说，他一直对新事物感兴趣。正是对于高科技、新事物的追逐，让他从买照相机给人拍照开始，一路做到造车梦想的实现。别人不敢想的，他去想了；别人不敢去做的，他去做了。如果碰到失败，跌了跤，那也没事，爬起来继续往前走。这或许就是李书福的故事带给我们的启示。

服装设计让我走上淘金路

口述：吴海燕（中国美术学院服装染织学院院长、教授）　整理：徐忠友

1958年4月，我出生在被称为“人间天堂”的杭州。我的童年时代是在美丽西子湖畔的北山幼儿园和南山路第二小学度过的，由于受身边优美环境的熏陶，我从小就很爱美。

二十世纪五六十年代，新中国成立初期的工业还很落后，漂亮的东西不多，那时候人们到商店买食品，都是用草纸或旧报纸包装的，外观很难看。唯独商店里买的橘子（水果）糖，用印有鲜花或水果等图案的塑料纸包装，算是包装最漂亮的东西了。

爱美的我，自然被这花花绿绿的糖纸吸引住了。于是，每当外婆、父母或家里的亲戚给我买水果糖时，我总会把糖纸小心翼翼地剥下来，放在抽屉里收藏，或夹在书中当书签。我收藏糖纸的兴趣越来越高，胃口越来越大，有时在路上看到有漂亮的糖纸，我都会将其捡起来放到口袋里。

后来我干脆星期天跑到商店的糖果柜台前守候，因为那些地

方糖纸比较多。每当看到有人把糖纸扔在地上，我就会迅速捡起来。因此，我还获得一个“糖纸千金”的外号。我将捡来的糖纸拿回家，让外婆和妈妈用水洗干净了，再贴到玻璃窗上晾干。当阳光透过玻璃，照射在那一张张糖纸上，房间里便会呈现出斑斓的色彩，就像幻灯片一样美丽，让我不酒而醉。

有一段时间，我迷恋上色彩，甚至外婆做饭时炉灶里跳动的火苗也常使我心驰神往。有一天我趁外婆不在，用火柴把炉灶点着了火，精灵般跃动的火苗在灶膛里跳跃起来，闪耀出七彩之光。我激动得在炉灶前手舞足蹈，惊慌失措的外婆和妈妈一阵手忙脚乱将我的“杰作”扑灭了。

渐渐长大后，我又把眼睛朝向西湖，朝向那西湖的水、水中的鱼，水面的荷花、水底的莲藕，水上的船、船上的人，白堤的垂柳、苏堤的春色，三潭印月、平湖秋月，保俶朝霞、雷峰夕照，孤山烟云、凤凰腾飞，还有许仙与白娘子断桥相会，苏小小与阮郁西泠桥畔相思的故事。美丽的西湖风光不时地感染着我，我跟着美术老师画西湖的美景、画杭州这座城市，把杭州最美的一面呈现在纸上给同学们看。

儿时的我曾做过很多美梦，每每看到人们穿得比较朴素，（其中二十世纪五十年代是青灰色的便装为主，六十年代以黄色的军装与青色的中山装为主）非常单调，我就想将来人们身上穿的服装能否像水果糖的糖纸一样五颜六色、丰富多彩？

服装是时尚的急先锋。我记得在中国实行改革开放前夕，最早突破“蓝工作服”“绿军装”的流行服装就是小伙子的“喇叭裤”和小姑娘的“超短裙”。特别是留着大背头、穿着“喇叭裤”、骑着自行车的小伙子，手提播放着邓丽君金曲的收录机从大街上穿过时，肯定会引来一些姑娘羡慕的目光。

我在电视上还看到，1979年春天，世界著名服装设计大师皮尔·卡丹从法国的巴黎飞抵中国的北京。他带着一位身着呢大衣的外国男子和几位金发女郎在北京街头进行时装表演，让曾经在三四十年前以旗袍吸引外国人的中国人像看“西洋镜”一样驻足围观。这阵“外来风”吹醒了中国的服装界，让刚恢复招生不久的中国有些大专院校，也开始开设服装方面的专业。

而此时的我人逢其时，读完小学、中学，又经历知青生活后，于1980年考进了浙江美术学院（现中国美院），毅然选择攻读染织专业。当时，我的身上已抹上了青春的颜色，开始为实现儿时让人们穿上美丽服装的梦想而奋斗。

为了让人们的衣着像糖纸一样漂亮，我在学习中非常刻苦，认真阅读了许多服装设计的专业书，记下了一本又一本课堂笔记；每逢杭州、上海有服装展览会，我都会跑去观摩，对服装的面料和款式进行仔细揣摩；课外时间，我会在白纸或旧报纸上用划粉画出各种服装的草稿，以提高自己的服装设计能力。

我还走出课堂，吸收先人创造的精华。1983年，我和全班同学前往唐代丝绸之路经过之地的甘肃敦煌莫高窟参观。莫高窟俗称千佛洞，被誉为二十世纪最有价值的文化发现。它始建于十六国的前秦时期，历经十六国、北朝、隋、唐、五代、西夏、元等历代的兴建，形成巨大的规模，现有洞窟七百三十五个。它以精美的壁画和塑像闻名于世，壁画四点五万平方米、泥质彩塑二千四百一十五尊，是世界上现存规模最大、内容最丰富的佛教艺术圣地。我一进入神秘的石窟，顿时被那一幅幅精妙绝伦的壁画、一尊尊栩栩如生的彩塑、一个个凌空飘逸的飞天所震撼，我匍匐在壁画前，虔诚地一笔一笔临摹着。

中国五千年文化如此博大精深，从莫高窟回到学校后，我开始尝试把这些优秀中华文化的精华运用在服装设计上，收到了良好的效果，我的服装设计水平得到显著提高。

1984年夏天，我大学毕业了。由于在校表现突出，被留在母校担任染织专业教师。当时，中国服装业已向前发展，但服装教育却严重滞后。我初登讲台，没有教材，没有教案，没有实践经验，如何开展教学工作？友人从日本买到一套十二本服装设计丛书送我，我如获至宝。

此时，已实行改革开放，国外的东西不断传入，我如海绵般吸收着国外的时尚，每逢国外同行来中国做学术报告，我便抓住一切机会求教。此外，我还积极参与企业的服装设计。渐渐地，我对服装设计体系有了较为清晰的认识。1990年，经过六年的设计实践，我首次在浙江美院陈列厅举办了自己的作品展。

1992年，浙江美术学院工艺系设立服装设计专业，此时的我学会了立体裁剪。也在这一年，中国服装服饰学会成立。学会成立后举行了中国第一次服装服饰设计论文研讨会。我的论文《服饰基础教学之我见》获二等奖，并被刊登在《中国纺织美术》上。同年底，中国服装服饰学会举行全国首届服装设计绘画艺术大赛，我送去了将民族风情、时尚气息、个性色彩完美融合在一起的《远古情怀》，获得一等奖。这两次的获奖，虽然我得到的两笔奖金数目不是很大，却让我此后走上了服装设计产业化之路。1993年5月，“兄弟杯”中国国际青年服装设计师大赛在北京举行，这是国际服装设计大赛第一次走进中国。我全力以赴参加了比赛，我设计的服装《鼎盛时代》获得了本次大赛唯一的金奖。就是这一次比赛，我得到了一笔数目不小的奖金，算是挖到了第一桶金。此后，我便走上了服装产业化设计、制作之路，在杭州和北京成立了服装公司，圆了儿时让中国人穿上漂亮服装的美梦。

【评点】

你每天都在做很多看起来毫无意义的决定，但某天你的某个决定就能改变你的一生。

——《西雅图不眠夜》

每个人的成功都是有原因的。有的是大成功，譬如从穷得叮当响到公司上市、身家亿万；有的是小成功，譬如在小镇上开起一家小吃店，开了十年二十年依然受到周边四邻们的交口称赞。

大成功需要的是高瞻远瞩的战略眼光，是不屈不挠的精神斗志；小成功需要的是脚踏实地的勤劳肯干，是日复一日的兢兢业业。

每个人对成功的定义不同，每个人的生活都可以很精彩。但成功不管大小，无一例外，成功的要求是一样的，那就是要为了心中的梦想去努力奋斗。本文的主人公吴海燕，正是因为对于服饰设计的痴迷，而不断刻苦学习、认真研究，进而取得成绩的。对待一个梦想，最佳的办法是：付诸行动。

中国第一号个体户

口述：章华妹　整理：徐忠友

我的第一桶金，是十八岁在家门口摆摊赚的。我还很幸运，领到了“中国01号个体户”的营业执照，创办了自己的公司。

我是改革开放后，温州这片热土上成长起来的最有代表性的中国个体户之一。

1961年我出生在温州市区。那时三年经济困难，大家都吃不饱饭。我在家里最小。前面有一个姐姐、五个哥哥，全家九口人的生活仅靠父母每月几十元的工资勉强支撑。往往是这个月还没结束，钱除了还人家的债外就花完了，还得继续向人家借钱过日子，真是度日如年啊！

我小学毕业以后，有一天爸爸对我说：“华妹，你姐姐已经出嫁，你妈妈生病住院，家里要有人陪护，你就不要上中学了。”就这样我辍学了，照顾妈妈的重任落到了十四岁的我身上。后来爸爸退休后由我四哥顶职，妈妈退休让我五哥顶职，我变成没有工作做了。

二十世纪七十年代末，有经商意识的温州人仿佛在一刹那间全部激发了，有人开始“偷偷摸摸”做起了小生意。

我的父亲在新中国成立前就做过布匹生意，他让我出来做生意。我学着别人的样子，在自家门口摆张小桌子，卖起了针线、纽扣、表带、毛巾、手帕、袜子、鞋垫、电池、纪念章……都是些零用品。

当时有个最大的难题：按政策是不允许摆摊的。那时候，“做生意”就是投机倒把。温州跟别的地方一样，有个“打击投机倒把办公室”。“打办”人员经常到大街小巷巡逻，看到小商小贩，一旦抓住要么罚款，要么就是没收商品。因此，只要见到“打办”的人来了，我们就赶紧把东西拿起来藏在家里，或者跑到巷子里躲藏起来。

除此之外，当时做小生意的人是偷偷摸摸地在做，都认为这不是一个体面的职业。我在街上摆地摊，见到同学、朋友还有点难为情，其中几位同学，看到我在摆摊时，他们很快就把脸转过去了。当时我总感觉头都抬不起来。

好在做了一段时间，每天都有几块钱进账，自己感觉特别高兴，便自我安慰：“人家上班赚钱，我这也是赚钱，只要自己想开了就好了！”因此，我便顶着外部压力、排除心理障碍，一天又一天地坚持了下来。

我一边好像做“地下工作”一样地做着小生意，一边则在想“什么时候才能堂堂正正地搞经营”。

1978年12月，党的十一届三中全会召开。第二年，按照中央政策允许各地批准一些有正式户口的闲散劳动力从事修理、服务和手工业个体劳动。1980年7月11日，当时代行政府职能的“温州市革命委员会”签发了《关于对个体工商户举行全面登记、整顿、发证工作的报告》。

有一天，刚成立不久的温州市工商局鼓楼工商所工作人员告诉我：“现在国家政策放开了，私人可以做买卖了。”刚开始我还不信：这些工商所的人原先就是“打击投机倒把办公室”的，以前曾经查人做生意。现在换了大盖帽和蓝衣裳，会不会到时又变脸？所以，我还是没有动心。

又过了不久，鼓楼工商所的工作人员又来告诉我一个好消息：“现在做小生意合法啦，你可以申请营业执照了。”此时我心里还有疙瘩：申请了营业执照就会留下做生意的证据，万一以后又开始“割资本主义尾巴”，自己等于很方便就给他们抓现行无路可退了。我打算问问父亲后再做决定。

关键时刻，还是父亲为我壮胆。第二天我就去了鼓楼工商所。1980年12月11日，我领到了新中国成立后发出的第一张个体工商业营业执照——工商证字第10101号。

这份工商营业执照，今天看普普通通，背后却真不容易。听说1980年，温州市发出全国第一批个体营业执照，一共一千八百四十四张。这在当时是个改革开放的创举，很快就引起全国关注。

那年我才二十一岁，年纪小，根本不知道自己在偶然之间成了“中国个体户第一人”。在我的印象里，我多年来一直在这样生活，认认真真做好自己的生意，跟别人并没有两样。后来有一天，浙江电视台和温州当地的记者，来找我了，说做改革开放寻访的报道，我才得知自己误打误撞，成了“中国第一号个体户”工商业营业执照申领者。当时我一下子没适应过来，也不明白这有什么好处，只知道后来认识我的人越来越多了，到我店里购货的人也越来越多了。

2013年，我的那张营业执照，还变成文物了，被全国“可移动文物普查工作组”列为值得收藏的可移动文物。我才知道，原来那张营业执照还真是个“宝贝”。浙商博物馆创建时，这张“中国第一号个体户”营业执照，也珍藏在展柜里了，你现在去看，还可以看到。

温州第一批1844位合法的个体经营户诞生后，从温州市区的解放北路到五马街，再到百里坊，小商铺如同雨后春笋，一下子繁茂起来。小买卖得到了政府的承认，大家也慢慢地放开了自己的手脚。

有了营业执照，我再也不用偷偷摸摸做生意了，大胆增加了进货量，不仅卖针头线脑等老百姓日常生活小用品，也卖背包等大件的东西，品种也增加到几十种。小摊摆满后，我干脆就把窗户改成一个铺面，方便做生意。

更让我高兴的是，每月的摆摊收入，比在党政机关、国营企业上班的干部、职工工资还要高。

温州有两千余年的建城历史，历史上以造纸、造船、鞋革、绣品、漆器著称。早在北宋时温州就成为当时的港口重镇，被朝廷辟为对外贸易口岸，南宋时海上贸易尤其发达，是四大海港之一，成为浙南、闽北货物进出的咽喉。改革开放后，温州成为中国民营经济发展的先发地区与改革开放的前沿阵地，以“南有吴川，北有温州”享誉全国。山与海赋予温州人开放、冒险、吃苦耐劳、敢闯敢干的精神。

因此，在二十世纪八十年代初，当改革的春风慢慢浸润神州大地的时候，温州的私营经济已然是一派热火朝天的景象。他们“白天当老板、晚上睡地板，想尽千方百计、走过千山万水、说过千言万语、经历千辛万苦，取得了良好的业绩”。

1981年，温州出了个“电器大王”胡金林，年营业额高达一百二十万元。1982年，温州的个体工商企业超过十万户，占到了全国的十分之一。我也从让人瞧不起的小商贩，迅速变成了“万元户”。

我二十二岁那年结婚了。老公叫余新国，是个单位职工。1982年我们结婚后，按温州当地的风俗，娘家的店是不能陪嫁的，便移交给哥哥来打理，我继续替家里看店面，父亲给我每月一百五十元工资。

1985年，儿子出生后，家里开支大了，促使我想自己出来开店创业。考虑到哥哥做的是纽扣生意，所以最初我不想做纽扣生意，因为那样要和哥哥抢生意，会让哥哥等家人感觉不好。

后来，我丈夫余新国去广州出差，偶然发现当时广州生产的钉在衣服上闪闪发光的珠片，非常热销，在温州却没人做珠片生意，这无疑是填补温州空白的商业机会。

于是，我便去银行贷款一万多元，又向哥哥借了一万多元，我老公也辞了职，与我一起开始全新的创业。结果夫妇俩的珠片生意一做就是五年多，不仅银行贷款还了，还买了一万多块钱的房子。后来，在温州老城区的解放北路，做珠片生意的人越来越多，我的哥哥也开始做珠片生意。生意不好做了，于是我和老公决定转变经营方向。

创业的道路也不是一帆风顺的，刚开始我投资皮鞋生意，把多年积攒的几万元资金全部投进去，结果辛辛苦苦的血汗钱全赔进去了。亏了钱，夫妇俩心里真是难受，但我依然非常开朗："亏就亏了，不亏就不能赚，一切重新开始！"

二十世纪九十年代初，温州一直面对着外界对其私营经济比重过高的指责和"姓资姓社"的争议。1992年，邓小平发表南方谈话，中国改革开放力度全面加大并迈入新阶段。温州的民营经济得到上至中央领导的充分肯定、下至社会各界的普遍承认，发展速度更加快了。1994年，温州永嘉桥头的纽扣市场已红火起来，义乌小商品市场的纽扣都从这里进货，小小的纽扣远销国内外，开纽扣店的人很多，再也不会像以前一样担心影响哥哥的生意了。我们很快在温州市区妙果寺市场租了间十多平方米的店面，再次投资做纽扣批发，生意做得如鱼得水。1997年，还清债务后，我们花30万元买了一辆桑塔纳小轿车，成为令人羡慕的“有车一族”。从那时起，我们一家的生活上了一个新台阶。

2004年11月，我还上了中央电视台。那时要举办“中国十大最具有经济活力城市”颁奖典礼。颁奖晚会举行的前一天晚上，我整个晚上都没有睡好。第二天，我与南存飞（温州正泰集团董事长南存辉的弟弟）、郑胜涛、周大虎、黄正瑞以温州五个“全国第一”之名登上央视舞台。我看到站在我身边的都是温州的大老板，紧张得腿都发抖了。可在丈夫余新国眼里，我虽然上台时有点紧张，声音有点发颤，他在看电视的时候替我担心，但后来他觉得我已经表现得很好了。从北京回来后他激动地对我说：“你只是一个普通个体户，能上中央电视台真的让我感慨万千，我觉得当个体户自由，也蛮好的。”

【评点】

每一天，每一秒，你所做的决定都会改变你的人生。

——《罗拉快跑》

从偷偷摸摸摆张小桌子卖针头线脑开始，再到卖纽扣、表带、毛巾、手帕、袜子、鞋垫等零用品，再到市场里有了自己的店面，早早买起了小轿车，还上了中央电视台……章华妹的故事，就是一部改革开放、经济发展的个人奋斗史。在她身上，有社会的缩影，时代的脚步，也有个人的奋斗，民众的精神。这是最令人感佩的。在时代发展的大潮中，谁能成为时代的弄潮儿，谁能成为幸运的一小部分人？必是那些身上具有敢闯、敢拼、敢干精神的人；是那些心向美好、永不服输的人。在时代的大潮中，也许机会稍纵即逝，但你所做的决定，必将改变你的人生。

向犹太人学淘金

口述：卓旭光（法国华商会名誉会长）　整理：徐忠友

大家都知道，犹太民族被称为世界上最会赚钱的民族，换句话说就是你如果与犹太人做生意，只有被他把钱从你手里赚去，很难从他手里赚回。而我掘金的本领和人生的第一桶金，就是从犹太人店里学到和掘来的。

1963年1月4日，我出生在中国著名的侨乡——浙江省丽水地区（现为丽水市）青田县温溪镇高岗村的一个华侨世家。高岗村是远近闻名的华侨村，有许多人在国外做生意。我的爷爷卓东福，是一位在第二次世界大战期间出国创业的老华侨。我的父亲卓银标在当地也是个聪明能干、知书达理之人，曾多年担任大队会计。我的母亲叫王海兰，读过高中，是一位有知识会持家的家庭主妇。

在父母的细心呵护下，我像幼苗一样茁壮成长。七岁那年，我进入高岗小学读书，后来又在港头中学读初中，由于我学习认真、善于钻研，各科成绩优秀；加上我热爱学校、尊敬老师、关心同学，所以我一直都担任班长。在温溪中学读书时，我思想进步，关爱集体，处处起模范带头作用，在同学中最早加入了共青团组织，并担任了班级团支部书记。1981年5月，作为一名高中生，我在同学中最早加入了中国共产党，成为一位预备党员。因此，我在上学期间，称得上是一位德、智、体、美、劳全面发展的好学生。

改革开放以后，我的父母成为第一批申请走出国门的人，前往法国巴黎到爷爷身边做事。因当时法国的人均收入比我国高几十倍，生活条件也非常好，父母曾想把我一起带出国，但我没有同意。

我不同意出国，主要理由有三点：一是我高中还没有毕业，去了法国学业难以继续下去；二是我也不懂法语，工作和生活都不方便。更重要的一点是：从小学到中学，我都是当班长的，而且是班级的团支部书记和学生中为数极少的共产党员，学校党团组织如此关心和培养我，我觉得我要按照党团组织引领的方向发展，而我本人又具备组织、领导等方面的专长方面发展。再说我出生在华侨世家，爷爷经常寄钱回来，家里又不缺钱，挣钱自然不是我的首选，所以我决定留在国内当干部。

我高中毕业不久，正逢青田县委、县政府根据党中央关于选拔“四化”干部的精神，在全县公开招聘年轻化、知识化、专业化的干部。经考试、政审、体检后，我在所有报名应聘干部中脱颖而出，被聘为港头乡团委书记，开始了从政之路。由于我办事认真、工作积极，1983年上半年港头乡政府换届时，当选为港头乡副乡长。同年9月，我又当选青田县委常委、温溪区团委书记。期间曾因思想敏锐、作风务实、组织能力出色被评为浙江省最年轻的优秀团干部，成为青年团员中的才俊。1985年，我当选为丽水地区六十六个乡镇中经济最发达的东岸乡副乡长。在担任团委书记和副乡长期间，我的领导才能、管理水平、组织能力得到充分的锻炼和显现，并得到当地干部、群众的认可。1987年，我被中共青田县委、县人民政府任命为东岸乡党委书记兼乡长。这一年我才二十四岁，是当时丽水地区六十六个乡镇中最年轻的乡党委书记和乡长，我成为丽水地区的一颗“政治新星”。

上任后，我以发展的眼光去规划东岸乡光明的未来，用和谐的理念去化解群众中的种种矛盾，靠自己的苦干巧干带领广大干部、群众改变乡村的旧貌。我的工作方法受到全乡干部群众的热烈欢迎，很多难题都迎难而解。为了让东岸乡变得更富有，有几次我还站在乡的露天广场上发表热情洋溢的演说，号召村民们放眼世界，走出国门，融合到时代发展的潮流中去。在我的多次鼓励和大力支持下，一批土生土长的农民通过亲朋介绍，告别了乡间田野，走出国门打工创业，诞生了一个新的“华侨村”，培育了一个散落在世界各地新的青田华侨群，每年都有大量的资金寄回东岸乡。

正当我在从政的道路上快步前进时，年近八旬的爷爷卓东福把目光集中到我这个在国内当乡干部的孙子身上。爷爷是1937年从上海坐了两个多月的邮轮来到法国马赛，然后在法国从事皮革生意。半个多世纪以来，爷爷靠着艰苦创业的精神、精湛的制革手艺、独到的经营眼光、诚信的商业法则、助人的慈善义举，赢得了市场和人心，人生和事业有了立足之地。他不仅成功地在法国、波兰、西班牙等多个国家创下了丰厚的家业，而且一家人和许多亲戚朋友因他的召唤，绝大多数已经汇聚到他的身边，家族成员已达到两百多人，可以用“人丁兴旺”这四个字来形容。

随着爷爷年事不断增高，老人家除了对在国内工作的我的牵挂之情日益增强外，还有更重要的一个原因就是卓家虽然家大业大，但考虑到各种因素，他还没有选好一个能继承家业并能带领家族成员继续开创新事业的接班人。当他听说我在国内干得不错，且经过与我多次交谈后，爷爷发现我有思想、有闯劲、有领导和管理能力，他最后拿定主意：这个接班人非我莫属。所以在1988年，爷爷就多次来电来信，要我前往法国继承家业。

这时的我对故乡的这一片土地和身边的乡亲们已产生了深厚的感情，我日夜谋划着如何让家乡不断改变旧貌，让群众过上更加幸福的生活。我认为自己的成长和成功，都是由于改革开放的方针政策好，党和政府对自己的关心培养，同时也离不开上级领导、身边同事、基层群众的大力支持，所以我把全部的精力集中在如何做好东岸乡经济建设上，并没有想到国外去当爷爷的“接班人”。后来，不仅爷爷开口，连父亲、母亲等家人都开口让我去了。

当我实在无法违背长辈的意愿，无可奈何地向青田县委、县人民政府及县委组织部、县侨办打了出国申请报告，结果三次都没批准，原因不复杂，理由更简单：你是党组织培养的优秀干部，已经安排进“梯队”了，“你走掉是干部队伍的重大损失，这样德才兼备的干部不大好培养”。其实，我自己也是不想走的。

远在欧洲的爷爷闻讯后焦急万分，就戴上老花眼镜，用发抖的手给国务院侨办的领导写了封信，请求侨办的领导出面协调一下，让我速速成行。国务院侨办的领导考虑到我爷爷年事已高，家族遇到许多实际问题需要解决，就通过浙江省侨办与青田县有关部门协商，最后批准了我的出国申请。

1988年，我在祖父和父母等家人的一再催促下，依依惜别了故乡浙江青田。为感谢党和国家的长期培养，我保留了国籍和党籍，来到万里之遥的法国。

从秀山丽水的青田乡村，来到浪漫迷人的世界大都市巴黎，我并没有被巴黎的红灯、绿酒、香水所陶醉。虽然爷爷、父亲积了一定的财富，但我到法国后发现上一代人的经营方式已经落后。作为一个有两百多人的大家族，如果不开拓创新，原先积累的一些财富很快就会耗尽，我这个新上任的家族事业“接班人”是难以撑着这艘老旧的大船远航的。事业心极强的我并不想当个坐享其成的“少东家”，而是想通过自己的努力打出一片新天地，为大家族创成一番新事业。

因此，到巴黎后，我并没有花多少时间去细细品味巴黎的异国风情，很快就进入一家犹太人开的纺织品批发公司打工。由于我不怕苦不怕脏，重活累活抢着干，而且待人热情讲诚信，一段时间后就与犹太人公司的“少东家”达维德成为无话不谈的好朋友了。在短短的两年时间内，我不仅向达维德学会了常用的法语，而且还学到了许多犹太人经商的本领。

中国在新中国成立前到法国的第一代华侨，大多数是靠“一把菜刀打天下”，从事餐饮业；再后来因中国餐馆开得多了，有一些华侨又靠“一把皮刀创新业”，从事皮革业，我的爷爷和父亲也是靠“一把皮刀”立足的。我不想重复前辈走过的老路，决心寻找到一条更新更好的创业之路。在一次交谈中，我听达维德说：“批发纺织品和制衣能给人带来丰厚的财富，父亲当年摸到布料后几年就成了富翁。”就是这句话，让我捕捉到新的商机，我的脑海里很快就浮现出一条新的事业之路，作为改革开放后到法国的第三代华侨，我决心要在法国“磨”亮华侨华人打天下的“第三把刀”——剪刀。

到1991年，我基本学会了犹太人的营销方法，并在打工中掘到第一桶金，也了解到许多市场信息，同时学会了与法国人打交道的法语和方法，便想让中国的“剪刀”在法国的市场上小试锋芒。我先在传统上由犹太人垄断经营纺织品的巴黎11区，挂出了“巴黎欧洲纺织品进出口公司”的牌子。由于我是巴黎第一个进军纺织品进出口行业的华人，我的出现无疑是在犹太人长期经营的“领地”里“杀出一个程咬金”。精明的犹太人在长期的平静中受到了冲击，感受到从未有过的压力，他们很快就联合起来，采用行业垄断的老办法，切断了我进布料的渠道，甚至连制衣的一根针线、一颗纽扣也买不到。在犹太商人的联合围堵下，我刚成立的纺织品公司差一点就要关门了。

在巴黎欧洲纺织品进出口公司最困难、最关键的时刻，是我真诚的为人帮了自己的大忙。以前，我在打工时曾结交了几位巴黎11区外很铁的犹太人朋友，得知我的公司被围堵封锁的消息后，几位巴黎11区外犹太人朋友便向我伸出了供货之手，让我的公司在死亡线上没有关门。

公司开业一段时间后，在巴黎11区犹太人老板们的联合围攻下，我迎来了巴基斯坦商人阿莱德，他成了我的第一位客商。阿莱德慈眉善目，又有儒商气质，我们对彼此的第一印象都非常好，加上中巴两国人民之间有着传统的友谊，看了样品后阿莱德就订购了一万法郎的服装。这不仅让我掘到了开店的“第一桶金”，还遇到了一位长期的好客户，他经常到我公司购货。

与此同时，我对坚定给我供货的供货商，采用一手交货一手交钱的传统办法，让供货者高兴而归；对长期的进货商，我尽量提供物美价廉的商品，优惠的价格让进货者满意而走。这吸引人的“一进一出”，我的进出货渠道就畅通无阻，有了一批稳定的上下游客商。经过两年的苦心经营，我终于在犹太人的商业堡垒里用“中国剪刀”剪出了一个很大的缺口，公司的生意越做越红火。不久，有四名好友上门来找我，提出要在我的引领下联合做纺织品生意，我毫无保留地提供了帮助。后来，这支最初只有五个人的队伍，已拥有一千一百多家纺织品批发企业，队伍遍布巴黎11区、2区和法国93省，打破了犹太人在法国纺织品经营领域一统天下的老格局。

【评点】

如果世上真的有什么奇迹，那么一定是去理解他人和与人分享。

——《日出之前》

做生意本质上就是利益的分配，只要你分配得好，生意就能长久；要分配好利益，就要懂得为人。从商也像在海里游泳，可以选择一头跳进波涛汹涌的大海，去拼个你死我活，也可以选择在波澜不惊的海面，与波涛共舞。理解了商业的本质，也就像懂得了大海的奥秘，与更多的朋友一起相互学习，携手并进，不管多大的风吹雨打，也能找到立足之地，继而开拓出自己的一片天地。